TRANZLATY

Language is for everyone

Limba este pentru toată lumea

The Call of Cthulhu

Chemarea lui Cthulhu

H.P. Lovecraft

English
Română

Published by Tranzlaty
ISBN: 978-1-80572-509-1
The Call of Cthulhu
H.P. Lovecraft (1926)
www.tranzlaty.com

www.tranzlaty.com

The Horror Made of Clay
Groaza făcută din lut

There is one thing I find particularly merciful.
Există un lucru pe care îl găsesc deosebit de milostiv.
The inability of the human mind to correlate events.
Incapacitatea minții umane de a corela evenimentele.
It's a blessing that we can't understand the world.
E o binecuvântare că nu putem înțelege lumea.
We live blissfully on a placid island of ignorance.
Trăim fericite pe o insulă placită a ignoranței.
An island in the midst of black seas of infinity.
O insulă în mijlocul mărilor negre ale infinitului.
And it was not meant that we should voyage far.
Și nu era menit să călătorim departe.
The sciences each strain in their own directions.
Științele se îndreaptă fiecare în propriile direcții.
But hitherto science's findings have harmed us little.
Dar până acum descoperirile științei ne-au făcut puțin rău.
But some day dissociated knowledge will be pieced together.
Dar într-o zi, cunoștințele disociate vor fi reconstituite.
Terrifying vistas of reality will open up to us.
Ni se vor deschide perspective terifiante ale realității.
And we will be left in a frightful vantage point.
Și vom rămâne într-un punct de belvedere înfricoșător.
We will either go mad from the revelation we are given.
Fie vom înnebuni din cauza revelației care ne este dată.
Or we will flee from the deadly light that we will see.
Sau vom fugi de lumina mortală pe care o vom vedea.
We will run from the knowledge we had always pursued.
Vom fugi de cunoașterea pe care am urmărit-o întotdeauna.
And we will seek the peace and safety of a new dark age.
Și vom căuta pacea și siguranța unei noi epoci întunecate.
Theosophists have guessed at the scale of the cosmos.
Teosofii au ghicit amploarea cosmosului.
Our world is but a transient incident in this cycle.

Lumea noastră este doar un incident trecător în acest ciclu.
The human race plays but a little role in the universe.
Rasa umană joacă doar un rol mic în univers.
The theosophists have hinted at strange methods of survival.
Teosofii au sugerat metode ciudate de supraviețuire.
But their suggestions would freeze a rational man's blood.
Dar sugestiile lor i-ar îngheța sângele unui om rațional.
Only the optimism of their ideas hides the horror.
Doar optimismul ideilor lor ascunde groaza.
But it is not their ideas that chill me the most.
Dar nu ideile lor mă înfiorează cel mai mult.
It is something else that fills me with terror.
Este altceva care mă umple de teroare.
The single glimpse of forbidden eons I have seen.
Singura licărire a eonilor interziși pe care am văzut-o.
When I think of what I saw my blood stands still.
Când mă gândesc la ce am văzut, mi se oprește sângele.
Restlessness plagues my dreams since that glimpse.
Neliniștea îmi chinuie visele de când am privit-o acolo.
It came to me like all dreaded glimpses of truth.
Mi-a venit ca toate licăririle de adevăr de temut.
An accidental piecing together of separated things.
O asamblare accidentală a unor lucruri separate.
An old newspaper item and the notes of a dead professor.
Un articol vechi dintr-un ziar și notițele unui profesor decedat.
In a flash everything was pieced together before me.
Într-o clipă, totul a fost asamblat în fața mea.
I hope no one else will accomplish this terrible insight.
Sper că nimeni altcineva nu va realiza această revelație
teribilă.
Certainly, if I live, I shall never help anyone to know it.
Cu siguranță, dacă voi trăi, nu voi ajuta niciodată pe nimeni să
afle asta.
I shall never knowingly supply a link in so hideous a chain.
Nu voi furniza niciodată, cu bună știință, o verigă dintr-un
lanț atât de hidos.
I think that the professor, too, intended to keep silent.

Cred că și profesorul a intenționat să tacă.
He didn't mean to share the secrets that he knew.
Nu a vrut să împărtășească secretele pe care le știa.
And I'm sure he would have destroyed his notes.
Și sunt sigur că și-ar fi distrus notițele.
If he had not been seized by sudden and suspicious death.
Dacă nu ar fi fost cuprins de o moarte subită și suspectă.

***

My knowledge of the thing began in the winter of 1926-27.
Am început să știu despre asta în iarna anilor 1926-1927.
My great-uncle was the professor George Gammell Angell.
Străunchiul meu a fost profesorul George Gammell Angell.
He was the Professor Emeritus of Semitic languages.
A fost profesor emerit de limbi semitice.
He lectured in Brown University, Providence, Rhode Island.
A ținut prelegeri la Universitatea Brown din Providence,
Rhode Island.
His death, at the age of ninety-two, triggered the event.
Moartea sa, la vârsta de nouăzeci și doi de ani, a declanșat
evenimentul.
**He was widely known as an authority on ancient
inscriptions.**
Era cunoscut pe scară largă ca o autoritate în domeniul
inscripțiilor antice.
Heads of prominent museums came to him for his expertise.
Directorii unor muzee importante veneau la el pentru
expertiza sa.
So his death was noticed by many within academic circles.
Așadar, moartea sa a fost remarcată de mulți din cercurile
academice.
Interest was intensified by the obscurity of his death.
Interesul a fost intensificat de obscuritatea morții sale.
It occurred as he was disembarking from the Newport boat.
S-a întâmplat în timp ce debarca din barca din Newport.

Witnesses say a dark nautical-looking fellow had jostled him.

Martorii spun că un tip brunet cu aspect de nautic l-a împins.

After being stricken, he fell suddenly, witnesses say.

După ce a fost lovit, a căzut brusc, spun martorii.

Physicians were unable to find any visible disorder.

Medicii nu au putut găsi nicio afecțiune vizibilă.

After some perplexed debate they reached their conclusion.

După o dezbatere aprinsă, au ajuns la concluzia lor.

"It must have been a lesion of the heart," they agreed.

„Trebuie să fi fost o leziune a inimii", au fost ei de acord.

"After all, he was rather an elderly man," they added.

„La urma urmei, era un bărbat destul de în vârstă", au adăugat ei.

"the brisk ascent of the steep hill caused his end."

„urcarea rapidă a dealului abrupt i-a cauzat sfârșitul."

At the time I saw no reason to dissent from this dictum.

La momentul respectiv, nu vedeam niciun motiv să nu fiu de acord cu această dictonă.

But latterly I am inclined to wonder about their conclusion.

Dar, în ultima vreme, sunt înclinat să mă întreb care este concluzia lor.

And I do more than just wonder if they were right.

Și fac mai mult decât să mă întreb dacă au avut dreptate.

***

My grand-uncle died alone as a childless widower.

Bunicul meu a murit singur, văduv fără copii.

And so I became heir and executor to his possessions.

Și astfel am devenit moștenitor și executor testamentar al bunurilor sale.

So I was expected to go over his papers and writings.

Așa că se aștepta de la mine să-i revizuiesc lucrările și scrierile.

I moved his entire set of files and boxes to my Boston home.

I-am mutat tot setul de dosare și cutii la mine acasă, în Boston.

Much of the materials I collected will later be published.

Multe dintre materialele pe care le-am adunat vor fi publicate ulterior.

Many academics in his field took great interest in his work.

Mulți academicieni din domeniul său au manifestat un mare interes pentru munca sa.

The American archeological society relied on him greatly.

Societatea arheologică americană s-a bazat foarte mult pe el.

But there was one box which I found exceedingly puzzling.

Dar a existat o cutie care mi s-a părut extrem de nedumerită.

I felt much averse from showing these files to other eyes.

Am simțit o mare reticență în a arăt aceste fișiere altora.

The box had been locked, unlike the other boxes.

Cutia fusese încuiată, spre deosebire de celelalte cutii.

And initially I found no key that would open this box.

Și inițial nu am găsit nicio cheie care să deschidă cutia asta.

But then the location of the key occurred to me.

Dar apoi mi-am dat seama unde se afla cheia.

The professor always carried a keyring in his pocket.

Profesorul purta întotdeauna un breloc în buzunar.

It was indeed one of these keys that opened the box.

Într-adevăr, una dintre aceste chei a deschis cutia.

But in the box was a still more closely locked barrier.

Dar în cutie se afla o barieră și mai strâns încuiată.

What could be the meaning of the queer bas-relief?

Care ar putea fi semnificația acestui basorelief ciudat?

Various paper cuttings accompanied the bas-relief.

Diverse decupaje din hârtie însoțeau basorelieful.

What did the disjointed jottings and ramblings allude to?

La ce făceau aluzie notițele și divagațiile inconexe?

Had my uncle become credulous to superficial impostures?

Devenise unchiul meu credul în imposturi superficiale?

Perhaps in his later years his criticalness thought slowed.

Poate că în ultimii ani, gândirea sa critică a încetinit.

Someone had disturbed this old man's peace of mind.

Cineva îi tulburase liniștea sufletească acestui bătrân.

And so I resolved to locate the eccentric sculptor.

Și așa m-am hotărât să-l găsesc pe sculptorul excentric.

The man who set in motion my uncle's strange obsession.
Bărbatul care a pus în mișcare ciudata obsesie a unchiului
meu.

***

The bas-relief was roughly shaped like a rectangle.
Basorelieful avea aproximativ forma unui dreptunghi.
The rectangular shape was less than an inch thick.
Forma dreptunghiulară avea o grosime mai mică de un inch.
And the bas-relief was about five by six inches in area.
Și basorelieful avea o suprafață de aproximativ cinci pe șase
inci.
It was obvious that the bas-relief was of modern origin.
Era evident că basorelieful era de origine modernă.
The designs, however, were far from modern in atmosphere.
Designurile, însă, erau departe de a avea o atmosferă
modernă.
The inscriptions suggested a far older civilization.
Inscripțiile sugerau o civilizație mult mai veche.
The vagaries of cubism and futurism were many and wild.
Capriciile cubismului și futurismului au fost numeroase și
sălbatice.
But normally such patterns fail to produce regularity.
Dar, în mod normal, astfel de modele nu reușesc să producă
regularitate.
The cryptic regularity which lurks in prehistoric writing.
Regularitatea criptică care pândește în scrierea preistorică.
This regularity was certainly present in the bas-relief.
Această regularitate era cu siguranță prezentă și în basorelief.
I was certain the inscriptions represented a writing system.
Eram sigur că inscripțiile reprezentau un sistem de scriere.
I had some familiarity with the papers of my uncle.
Cunoșteam oarecare documente ale unchiului meu.
And I had looked through all of his collections and works.
Și am răsfoit toate colecțiile și lucrările sale.
But I failed to find any writing that was similar.

Dar nu am reușit să găsesc nicio scriere similară.

I could not geographically place this alphabet in any way.

Nu aș putea plasa geografic acest alfabet în niciun fel.

Nor could I guess from what time this writing came from.

Nici nu am putut ghici din ce perioadă provenea această scriere.

Above these apparent hieroglyphics there was a figure.

Deasupra acestor hieroglife aparente se afla o figură.

The figure was evidently only of pictorial intent.

Evident, figura avea doar o intenție picturală.

The impressionism of the picture added to the mystery.

Impresionismul imaginii a sporit misterul.

No clear idea of the creature's nature could be discerned.

Nu se putea desluși nicio idee clară despre natura creaturii.

The creature seemed to be a monster, of some sort.

Creatura părea a fi un monstru, de un anumit fel.

Or the symbol represented a monster, of some sort.

Sau simbolul reprezenta un monstru, de un anumit fel.

Only a diseased mind could conceive of such a form.

Numai o minte bolnavă ar putea concepe o astfel de formă.

My imagination yielded different pictures simultaneously.

Imaginația mea mi-a produs diferite imagini simultan.

But my imagination may also be somewhat extravagant.

Dar imaginația mea poate fi și oarecum extravagantă.

An octopus, a dragon, and also a human caricature.

O caracatiță, un dragon și, de asemenea, o caricatură umană.

I shall try not be unfaithful to the spirit of the thing.

Voi încerca să nu fiu infidel spiritului lucrului.

A pulpy, tentacled head surmounted a scaly body.

Un cap cărnos și tentaculat învecina un corp solzos.

Rudimentary wings protruded from the grotesque shape.

Aripi rudimentare ieșeau în evidență din forma grotescă.

But the shape of the monster wasn't even the worst part.

Dar forma monstrului nu era nici măcar cea mai rea parte.

The background of the picture was even more frightening.

Fundalul imaginii era și mai înspăimântător.

The scenery had a vague suggestion of another civilization.

Peisajul sugera vag o altă civilizație.

Cyclopean architecture from a forgotten part of the world.

Arhitectură ciclopică dintr-o parte uitată a lumii.

***

Only some notes and press cuttings accompanied the oddity.

Doar câteva notițe și decupaje din presă au însoțit ciudățenia.

The press cuttings seemed to be only vaguely related.

Decupajele din presă păreau să aibă doar o vagă legătură.

The hand written notes were all from my uncle.

Biletele scrise de mână erau toate de la unchiul meu.

But his notes made no pretense to any literary style.

Dar notițele sale nu au pretenția de a asocia vreun stil literar.

There was no ordering mechanism to any of the papers.

Nu exista niciun mecanism de comandă pentru niciuna dintre ziare.

Although there seemed to be a master document to the notes.

Deși părea să existe un document principal pentru notițe.

This document was ascribed to the cult of Cthulhu

Acest document a fost atribuit cultului lui Cthulhu

The word's letters had been painstakingly written out.

Literele cuvântului fuseseră scrise cu meticulozitate.

There should be no erroneous reading of the unheard of word.

Nu ar trebui să existe nicio interpretare eronată a unui cuvânt neauzit.

This Cthulhu manuscript was divided into two sections;

Acest manuscris Cthulhu a fost împărțit în două secțiuni;

The first manuscript was titled the following:

Primul manuscris a fost intitulat astfel:

"1925 - Dream and Dream Work of H. A. Wilcox"

„1925 - Visul și opera de vis a lui H.A. Wilcox"

"7 Thomas St., Providence, Road Island"

„Str. Thomas nr. 7, Providence, Insula Road"

And the second manuscript was titled the following:

Iar al doilea manuscris avea următorul titlu:
"Narrative of Inspector John R. Legrasse"
„Povestirea inspectorului John R. Legrasse”
"121 Bienville St., New Orleans, 1908 Meetings."
„Str. Bienville 121, New Orleans, Întâlniri din 1908.”
"Notes on Same, & Prof. Webb's account of events"
„Note despre Same și relatarea evenimentelor de către profesorul Webb”
The other manuscript papers were all brief notes.
Celelalte hârtii manuscrise erau toate notițe scurte.
Some manuscripts described the queer dreams of different persons.
Unele manuscrise descriau visele ciudate ale diferitelor persoane.
Some manuscripts cited from theosophical books and magazines.
Câteva manuscrise citate din cărți și reviste teosofice.
Notably, most of these citations were from W. Scott-Eliott.
În mod special, majoritatea acestor citări au fost de la W. Scott-Eliott.
Mainly the notes referenced Atlantis and the Lost Lemuria.
În principal, notițele făceau referire la Atlantida și Lemuria Pierdută.
The other notes commented on long-surviving secret societies.
Celelalte notițe comentau despre societățile secrete care au supraviețuit de mult timp.
Hidden cults that may or may not still exist somewhere.
Culte ascunse care s-ar putea să mai existe sau nu undeva.
Two books seemed to provide most of the information;
Două cărți păreau să ofere majoritatea informațiilor;
Miss Murray's Witch-Cult in Western Europe.
Cultul vrăjitoarelor al domnișoarei Murray în Europa de Vest.
This book thoroughly detailed Mythological sources.
Această carte a detaliat în detaliu sursele mitologice.
And Frazer's Golden Bough provided anthropological sources.

Iar „Creangua de aur" a lui Frazer a furnizat surse
antropologice.

***

The cuttings largely alluded to outré mental illnesses.
Decupajele făceau aluzie în mare măsură la boli mintale
exagerate.
Outbreaks of group folly and mania in the spring of 1925.
Izbucniri de nebunie și manie de grup în primăvara anului
1925.
The first half of the manuscript told a very peculiar tale.
Prima jumătate a manuscrisului spunea o poveste foarte
ciudată.
**1925, the 1st of March, a thin dark young man came to my
uncle.**
Pe 1 martie 1925, un tânăr slab și brunet a venit la unchiul
meu.
The manuscript describes his neurotic and excited aspect.
Manuscrisul descrie aspectul său nevrotic și excitat.
And he bore with him the strange bas-relief.
Și a purtat cu el ciudatul basorelief.
At that time the bas-relief was exceedingly damp and fresh.
Pe atunci, basorelieful era extrem de umed și proaspăt.
His card bore the name of Henry Anthony Wilcox.
Cartea sa de vizită purta numele lui Henry Anthony Wilcox.
And my uncle had slightly recognized who he was.
Și unchiul meu îl recunoscuse vag cine era.
He was the youngest son of an excellent family.
El a fost cel mai mic fiu al unei familii excelente.
Latterly he had been studying sculpture at Rhode Island.
Mai târziu, studiase sculptura la Rhode Island.
He lived alone at the Fleur-de-Lys Building.
Locuia singur în clădirea Fleur-de-Lys.
His residences were near the university.
Reședința sa era lângă universitate.
Wilcox was a precocious youth of known genius.

Wilcox a fost un tânăr precoce, cu un geniu recunoscut.
But he was also known for his great eccentricity.
Dar era cunoscut și pentru marea sa excentricitate.
From childhood he had excited the attention of others.
Încă din copilărie a stârnit atenția celorlalți.
He told of strange stories no one had told him about.
A povestit despre întâmplări ciudate despre care nimeni nu i
le spusese.
And he was in the habit of relating strange dreams.
Și avea obiceiul să povestească vise ciudate.
He described himself as "psychically hypersensitive".
S-a descris ca fiind „hipersensibil psihic".
But those around him had other descriptions for him.
Dar cei din jurul lui aveau alte descrieri pentru el.
They were staid folk of the ancient commercial city.
Erau oameni serioși ai vechiului oraș comercial.
And they dismissed him as merely strange and "queer".
Și l-au respins ca fiind pur și simplu ciudat și „ciudat".
And so he never mingled much with his kind.
Și astfel nu s-a amestecat niciodată prea mult cu cei de-ai lui.
And he had dropped gradually from social visibility.
Și pierduse treptat din vizibilitatea socială.
Now he is known only to a small group of esthetes.
Acum este cunoscut doar unui mic grup de esteți.
And those who knew him came mostly from other towns.
Iar cei care l-au cunoscut au venit mai ales din alte orașe.
Even the Providence art club had found him quite hopeless.
Chiar și clubul de artă din Providence îl găsise destul de fără
speranță.
Of course they were anxious to preserve their conservatism.
Desigur, erau nerăbdători să-și păstreze conservatorismul.

***

The professor's manuscript continued to describe the visit.
Manuscrisul profesorului a continuat să descrie vizita.

The sculptor abruptly asked for his host's archeological knowledge.

Sculptorul i-a cerut brusc cunoștințele arheologice gazdei sale.

He wanted him to identify the hieroglyphics on the bas-relief.

El voia ca el să identifice hieroglifele de pe basorelief.

He spoke in a dreamy and rather stilted manner.

Vorbea într-un mod visător și destul de rigid.

His speech suggested pose and alienated sympathy.

Discursul său sugera o poză și înstrăina simpatia.

And my uncle showed some sharpness in his reply.

Și unchiul meu a dat dovadă de oarecare asprime în răspunsul său.

Because the bas-relief was still conspicuously freshness.

Pentru că basorelieful era încă evident proaspăt.

So there was no need for any kinship with archeology.

Deci nu era nevoie de nicio legătură cu arheologia.

Young Wilcox's rejoinder was of a fantastically poetic cast.

Replica tânărului Wilcox a fost de o poezie fantastică.

My uncle must have been impressed with the reply.

Unchiul meu trebuie să fi fost impresionat de răspuns.

And he recorded the reply of Wilcox verbatim.

Și a consemnat cuvânt cu cuvânt răspunsul lui Wilcox.

"The bas-relief is indeed still conspicuously fresh."

„Basorelieful este într-adevăr încă vizibil proaspăt.”

"Because I made this bas-relief last night, after a dream."

„Pentru că am făcut acest basorelief aseară, după un vis.”

"A dream of strange cities and stranger people."

„Un vis despre orașe ciudate și oameni mai ciudați.”

"And dreams are older than brooding Tyros."

"Și visele sunt mai vechi decât Tyros cel mohorât."

"Dreams are older than the contemplative Sphinx."

„Visele sunt mai vechi decât Sfinxul contemplativ.”

"And dreams are older than the garden-girdled Babylon."

„Și visele sunt mai vechi decât Babilonul înconjurat de grădini.”

This type of speech turned out to be characteristic of him.

Acest tip de discurs s-a dovedit a fi caracteristic pentru el.
It was then that he began that rambling tale.
Atunci a început acela povestitor incoerent.
The tale which suddenly played upon a sleeping memory.
Povestea care a revenit brusc la o amintire adormită.
The tale that won the fevered interest of my uncle.
Povestea care a stârnit interesul febril al unchiului meu.

***

There had been a slight earthquake tremor the night before.
În noaptea precedentă avusese loc un uşor cutremur.
The most considerable tremor New England had felt for some years.
Cel mai considerabil cutremur pe care îl resimţise Noua Anglie în ultimii ani.
Wilcox's imagination had been keenly affected by the earthquake.
Imaginaţia lui Wilcox fusese profund afectată de cutremur.
He had had an unprecedented dream of great Cyclopean cities.
Avusese un vis fără precedent despre mari oraşe ciclopice.
He dreamed of Titan blocks and sky-flung monoliths.
A visat blocuri de Titan şi monoliţi înălţaţi spre cer.
All the architecture was dripping with green ooze.
Toată arhitectura era stropită de mâzgă verde.
And his dreams were sinister with latent horror.
Şi visele lui erau sinistre, pline de groază latentă.
Hieroglyphics had covered the walls and pillars.
Hieroglifele acopereau zidurile şi stâlpii.
From somewhere underneath there came a sound.
De undeva de dedesubt s-a auzit un sunet.
The sound was of a voice, but it was not a voice.
Sunetul era al unei voci, dar nu era o voce.
A chaotic sensation which only fancy could transmute into sound.

O senzație haotică pe care doar fantezia ar putea-o transforma în sunet.

He attempted to say the almost unpronounceable word.

A încercat să rostească cuvântul aproape impronunțabil.

A jumble of unlikely letters; "Cthulhu fhtagn".

O încurcătură de litere neașteptate; „Cthulhu fhtagn".

This verbal jumble was the key to my uncle's recollection.

Această încurcătură verbală a fost cheia amintirilor unchiului meu.

This strange sound excited and disturbed Professor Angell.

Acest sunet ciudat l-a entuziasmat și l-a tulburat pe profesorul Angell.

He questioned the sculptor with scientific minuteness.

L-a interogat pe sculptor cu o minuțiozitate științifică.

He studied the bas-relief with almost frantic intensity.

A studiat basorelieful cu o intensitate aproape frenetică.

My uncle blamed his old age, Wilcox afterward said.

„Unchiul meu a dat vina pe bătrânețe", a spus Wilcox ulterior.

In his younger days he would have recognized the hieroglyphics.

În tinerețe, ar fi recunoscut hieroglifele.

The pictorial design wouldn't have puzzled his sharper mind.

Designul pictural nu l-ar fi nedumerit pe mintea lui mai ageră.

Many of his questions seemed highly out of place to his visitor.

Multe dintre întrebările sale i s-au părut complet deplasate vizitatorului său.

He tried to connect him to strange mythological cults.

A încercat să-l conecteze cu niște culte mitologice ciudate.

He tried to get him to admit affiliation to secret societies.

A încercat să-l determine să recunoască apartenența la societăți secrete.

My uncle even promised to keep his visitor's secret.

Unchiul meu chiar a promis că va păstra secretul vizitatorului său.

"Are you not part of a widespread mystical group?"

„Nu faci parte dintr-un grup mistic răspândit?"
"Are you not a member of a paganly religious body?"
„Nu ești membru al unui grup religios păgân?"
Eventually he became convinced the sculptor wasn't a member.
În cele din urmă, s-a convins că sculptorul nu era membru.
He was indeed ignorant of any cult or system of cryptic lore.
Într-adevăr, el nu cunoștea niciun cult sau sistem de tradiție criptică.
He besieged his visitor with demands for future reports of dreams.
Și-a asaltat vizitatorul cu cereri de a-i relata viitoarele vise.
This strange request bore regular and interesting fruit.
Această cerere ciudată a dat roade regulate și interesante.

***

After the first interview the manuscript records daily calls.
După primul interviu, manuscrisul înregistrează apelurile zilnice.
He related startling fragments of nocturnal imagery.
El a relatat fragmente uimitoare de imagini nocturne.
There were always the same themes in his dreams.
În visele sale existau mereu aceleași teme.
A terrible Cyclopean vista of dark and dripping stone.
O priveliște ciclopică teribilă de piatră întunecată și picurătoare.
A subterranean voice or intelligence shouting monotonously.
O voce sau o inteligență subterană care strigă monoton.
Two sounds seemed to repeat themselves in his dreams.
Două sunete păreau să se repete în visele sale.
But these sounds were as enigmatic as the other sounds.
Dar aceste sunete erau la fel de enigmatice ca celelalte sunete.
The sounds can only be rendered by the letters "Cthulhu" and "R'lyeh".
Sunetele pot fi redate doar prin literele „Cthulhu" și „R'lyeh".

On March 23rd, the manuscript continued, Wilcox failed to come.

Pe 23 martie, manuscrisul continua, Wilcox nu a venit.

My uncle made inquiries at the quarters of his whereabouts.

Unchiul meu a făcut cercetări în locuința lui.

That night he had been stricken with an obscure sort of fever.

În noaptea aceea fusese lovit de un fel obscur de febră.

And he was taken to the home of his family in Waterman Street.

Și a fost dus la casa familiei sale de pe strada Waterman.

That night he had cried out in one of his dreams.

În noaptea aceea, a plâns într-unul din visele sale.

His cries aroused several other artists in the building.

Strigătele sale au stârnit alți câțiva artiști din clădire.

And he was between alternations of unconsciousness and delirium.

Și se afla între alternanțe de inconștiență și delir.

My uncle at once telephoned the family of Wilcox.

Unchiul meu a sunat imediat familia lui Wilcox.

And from that time forward he kept close watch of the case.

Și din acel moment încolo a urmărit îndeaproape cazul.

He called often at the Thayer Street office of Dr. Tobey.

Venea des la cabinetul doctorului Tobey de pe strada Thayer.

Dr. Tobey was in charge of the patient's condition.

Dr. Tobey era responsabil de starea pacientului.

The youth's febrile mind was dwelling on strange things.

Mintea febrilă a tânărului cufunda lucrurile ciudate.

The doctor shuddered now and then as he spoke of the dreams.

Doctorul tremura din când în când în timp ce vorbea despre vise.

The dreams repeated a lot of the earlier themes.

Visele au repetat multe dintre temele anterioare.

But now his dreams made mention of something new.

Dar acum visele lui pomeneau de ceva nou.

A gigantic thing "a miles high" which walked, or lumbered about.

Un lucru gigantic „înălțime de o milă" care mergea sau se învârtea greoi.

He at no time fully described this object in any detail.

El nu a descris niciodată pe deplin acest obiect în detaliu.

But Dr. Tobey relayed the frantic words of his patient.

Dar Dr. Tobey i-a transmis cuvintele frenetice ale pacientului său.

And the professor became increasingly certain of what it was.

Și profesorul a devenit din ce în ce mai sigur de ce era vorba.

The nameless monstrosity he had sought to depict in his sculpture.

Monstruozitatea fără nume pe care încercase să o înfățișeze în sculptura sa.

The doctor had mentioned the bas-relief he had made.

Doctorul pomenise de basorelieful pe care îl făcuse.

This mention preludes the young man's subsidence into lethargy.

Această mențiune preludă căderea tânărului în letargie.

His temperature, oddly enough, was not greatly above normal.

În mod ciudat, temperatura lui nu era cu mult peste normal.

But his general condition suggested he was in a fever.

Dar starea lui generală sugera că avea febră.

A fever, as opposed to being in the grasp of a mental disorder.

O febră, spre deosebire de a fi în strânsoarea unei tulburări mintale.

***

On April 2nd at about 3 p.m. the fever came to an end.

Pe 2 aprilie, în jurul orei 15:00, febra a încetat.

Every trace of Wilcox's malady suddenly ceased.

Orice urmă a bolii lui Wilcox a dispărut brusc.

He sat upright in bed as if waking up from regular sleep.

Stătea drept în pat, ca și cum s-ar fi trezit dintr-un somn obișnuit.

He was astonished to find himself at his parents' home.

A fost uimit să se afle în casa părinților săi.

And he was completely ignorant of what had happened.

Și era complet ignorant despre ce se întâmplase.

Neither dream nor reality had made an impression on his mind.

Nici visul, nici realitatea nu-i lăsaseră vreo impresie.

Dr. Tobey pronounced him fit to be dismissed from his care.

Dr. Tobey l-a declarat apt pentru a fi eliberat din îngrijirea sa.

And he returned to his quarters three days later.

Și s-a întors în cazămarul său trei zile mai târziu.

But to Professor Angell he was of no further assistance.

Dar profesorului Angell nu i-a fost de niciun ajutor.

All traces of strange dreaming had vanished with his recovery.

Toate urmele unor vise ciudate dispăruseră odată cu însănătoșirea sa.

For a week he recounted irrelevant and thoroughly usual visions.

Timp de o săptămână a povestit viziuni irelevante și complet obișnuite.

And my uncle kept no further record of his night-thoughts.

Și unchiul meu nu a mai ținut nicio evidență a gândurilor sale nocturne.

At this point the first part of the manuscript ended.

În acest punct, prima parte a manuscrisului s-a încheiat.

But my research was still anything but concluded.

Dar cercetarea mea era totuși departe de a fi încheiată.

References to scattered notes helped piece things together.

Referințele la notițe împrăștiate au ajutat la reconstituirea lucrurilor.

And there was more than enough material for thought.

Și era mai mult decât suficient material de reflecție.

My distrust of the artist had still not subsided.

Neîncrederea mea în artist încă nu se potolise.
But this was largely a result of my ingrained skepticism.
Dar acesta a fost în mare parte un rezultat al scepticismului
meu înrădăcinat.
The notes described the dreams of various persons.
Notițele descriau visele diferitelor persoane.
**These dreams all occurred while young Wilcox was in his
fever.**
Aceste vise s-au întâmplat toate în timp ce tânărul Wilcox avea
febră.
My uncle, it seems, wasted no time in collecting the data.
Se pare că unchiul meu nu a pierdut timpul și a adunat datele.
**He had quickly instituted a prodigiously far-flung body of
inquiries.**
El inițiase rapid un corp prodigios de amplu de anchete.
Any friend that didn't show impertinence he questioned.
Orice prieten care nu dădea dovadă de impertinență îl
chestiona.
He requested from them nightly reports of their dreams.
Le-a cerut relatări nocturne despre visele lor.
And he asked if they had had any notable visions of late.
Și i-a întrebat dacă avuseseră vreo viziune notabilă în ultima
vreme.
The reception of his request seems to have been varied.
Receptarea cererii sale pare să fi fost diferită.
But there was certainly no shortage in replies.
Dar cu siguranță nu au lipsit răspunsurile.
No ordinary man could have handled the replies alone.
Niciun om obișnuit nu ar fi putut face față răspunsurilor de
unul singur.
The original correspondences were not preserved.
Corespondențele originale nu s-au păstrat.
But his notes formed a thorough and significant digest.
Dar notițele sale au format un rezumat temeinic și
semnificativ.

***

Initially he had approached average people in society.

Inițial, el se adresase oamenilor de rând din societate.

New England's traditional "salt of the earth".

„Sarea pământului" tradițională a Noii Anglii.

But this group gave an almost completely negative result.

Dar acest grup a dat un rezultat aproape complet negativ.

Though there were some exceptions to this group too.

Deși au existat și câteva excepții la acest grup.

Scattered cases of uneasy but formless nocturnal impressions.

Cazuri împrăștiate de impresii nocturne neliniștitoare, dar fără formă.

Their reports were always between March 23rd and April 2nd.

Rapoartele lor erau întotdeauna între 23 martie și 2 aprilie.

This aligned with the same period of young Wilcox's delirium.

Aceasta se alinia cu aceeași perioadă a delirului tânărului Wilcox.

Men of science had been only a little more affected.

Oamenii de știință fuseseră doar puțin mai afectați.

Though four cases of vague description were of interest.

Deși patru cazuri cu descrieri vagi prezentau interes.

They had had fugitive glimpses of strange landscapes.

Zăriseră în fugă peisaje stranii.

And in one case a dread of something abnormal was mentioned.

Și într-un caz s-a menționat teama de ceva anormal.

It was from the artists and poets that the pertinent answers came.

De la artiști și poeți au venit răspunsurile pertinente.

It is a blessing no one had been able to compare notes.

Este o binecuvântare că nimeni nu a putut compara notițele.

Panic would have broken loose had they shared their visions.

Panica s-ar fi dezlănțuit dacă și-ar fi împărtășit viziunile.

This, however, did not dispel my ingrained skepticism.

Totuși, acest lucru nu mi-a risipit scepticismul înrădăcinat.

Others might have come to mythical conclusions much quicker.

Alții ar fi putut ajunge mult mai repede la concluzii mitice.

But the original letters were lacking from the notes.

Dar literele originale lipseau din notițe.

I half suspected the compiler of having asked leading questions.

Pe jumătate îl bănuiam pe compilator că pusese întrebări sugestive.

Or perhaps the correspondences weren't entirely original.

Sau poate corespondențele nu au fost în întregime originale.

Perhaps my uncle had resolved to confirm Wilcox's dreams.

Poate că unchiul meu se hotărâse să confirme visele lui Wilcox.

That is why I continued to feel suspicious of the sculptor.

De aceea am continuat să am suspiciune față de sculptor.

Perhaps he was still cognizant of my uncle's old data.

Poate că încă știa de vechile date ale unchiului meu.

Perhaps he had been imposing on the veteran scientist.

Poate că îl impusese pe omul de știință veteran.

Nonetheless, the corroborating data had to be investigated.

Cu toate acestea, datele care coroborează acest lucru au trebuit investigate.

***

The responses from the esthetes told a disturbing tale.

Răspunsurile esteților au spus o poveste tulburătoare.

From February 28th to April 2nd their dreams aligned.

Din 28 februarie până în 2 aprilie, visele lor s-au aliniat.

And a large proportion of them had dreamed very bizarre things.

Și o mare parte dintre ei visaseră lucruri foarte bizare.

The timing of the intensity of their dreams was also of interest.

Momentul intensității viselor lor a fost, de asemenea,
interesant.

The period of the sculptor's delirium marked a highpoint.

Perioada delirului sculptorului a marcat un punct culminant.

**The intensity of their dreams were immeasurably the
stronger.**

Intensitatea viselor lor era incomensurabil mai puternică.

**Over a quarter reported unfamiliar and unpronounceable
sounds.**

Peste un sfert au raportat sunete nefamiliare și
impronunțabile.

Noises not dissimilar to what Wilcox had also described.

Zgomote nu foarte diferite de cele descrise și de Wilcox.

**Some described highly elaborate and impossible
architecture.**

Unii au descris o arhitectură extrem de elaborată și imposibilă.

And some of the dreamers confessed to an acute fear.

Și unii dintre visători au mărturisit o frică acută.

Like Wilcox, they had seen some gigantic nameless thing.

Ca și Wilcox, văzuseră un lucru gigantic, fără nume.

**One case, which the note describes with emphasis, was very
sad.**

Un caz, pe care nota îl descrie cu emfază, a fost foarte trist.

The subject was a widely known architect of the region.

Subiectul era un arhitect foarte cunoscut în regiune.

He too had leanings toward theosophy and occultism.

Și el avea înclinații spre teosofie și ocultism.

This man went violently insane on March the 22nd.

Acest bărbat a înnebunit complet pe 22 martie.

The exact same date of young Wilcox's seizure.

Exact aceeași dată cu confiscarea tânărului Wilcox.

He expired several months later, after incessant screaming.

A murit câteva luni mai târziu, după ce a țipat neîncetat.

He begged to be saved from some escaped denizen of hell.

El a implorat să fie salvat de vreun locuitor evadat din iad.

Regrettably, my uncle did not refer to these cases by name.

Din păcate, unchiul meu nu a menționat aceste cazuri pe nume.

Instead, all studies were given nothing more than a number.

În schimb, tuturor studiilor nu li s-a dat nimic mai mult decât un număr.

This way I was limited in attempting any personal investigation.

În felul acesta, eram limitat în încercarea oricărei investigații personale.

And corroborating the evidence further was demanding.

Și coroborarea dovezilor a fost dificilă.

But finally I did succeed in tracing down some cases.

Dar, în cele din urmă, am reușit să depistez câteva cazuri.

I should have trusted the notes from my uncle.

Ar fi trebuit să am încredere în notițele de la unchiul meu.

They reported their dreams true to their reports.

Și-au relatat visele conform relatărilor lor.

I have often wondered what they thought the questioning meant.

M-am întrebat adesea ce credeau ei că înseamnă interogatoriul.

It is for the best that no explanation shall ever reach them.

Este cel mai bine ca nicio explicație să nu ajungă vreodată la ei.

***

As I have mentioned, my uncle also collected press clippings.

După cum am menționat, unchiul meu colecționa și decupaje din presă.

These press clippings corresponded to the dates in question.

Aceste decupaje din presă corespundeau datelor în cauză.

The sources were scattered throughout the globe.

Sursele erau împrăștiate pe tot globul.

Professor Angell must have employed a cutting bureau.

Profesorul Angell trebuie să fi angajat un birou de croitorie.

Because the number of extracts was tremendous.

Pentru că numărul de extrase a fost enorm.
There was a parallel to this part of his research.
A existat o paralelă cu această parte a cercetării sale.
Cases of panic, mania, and eccentricity.
Cazuri de panică, manie și excentricitate.
One case was a nocturnal suicide in London.
Un caz a fost o sinucidere nocturnă la Londra.
A lone sleeper had leaped from a window after a shocking cry.
Un somn singuratic sărise de la fereastră după un țipăt îngrozitor.
A rambling letter to the editor of a paper in South America.
O scrisoare incoerentă către editorul unui ziar din America de Sud.
A fanatic deduces a dire future from visions he had had.
Un fanatic deduce un viitor sumbru din viziunile pe care le-a avut.
A dispatch from California describes a theosophist colony.
O depeşă din California descrie o colonie teosofă.
They donned white robes en masse for some "glorious fulfilment".
Au îmbrăcat în masă robe albe pentru o „împlinire glorioasă".
Although that "glorious fulfilment" never arose.
Deşi acea „împlinire glorioasă" nu a apărut niciodată.
There seems to be serious unrest from the natives in India.
Se pare că există tulburări serioase din partea băştinaşilor din India.
Voodoo orgies multiplied in Haiti.
Orgiile voodoo s-au înmulțit în Haiti.
African outposts report ominous mutterings.
Avanposturile africane raportează murmure amenințătoare.
American officers in the Philippines find certain tribes bothersome.
Ofițerii americani din Filipine consideră anumite triburi deranjante.
New York policemen are mobbed by hysterical Levantines.
Polițiștii din New York sunt asaltați de levantini isterici.

This occurred exactly on the night of March 22-23.
Acest lucru s-a întâmplat exact în noaptea de 22 spre 23 martie.
The west of Ireland, too, was full of wild rumor and legendry.
Și vestul Irlandei era plin de zvonuri și legende sălbatice.
A fantastic painter named Ardois-Bonnot made the news in France.
Un pictor fantastic pe nume Ardois-Bonnot a făcut furori în Franța.
He hung a blasphemous dream landscape in the Paris spring salon.
A atârnat un peisaj oniric blasfemic în salonul de primăvară din Paris.
The recorded troubles in insane asylums were immeasurable.
Problemele înregistrate în azilurile de nebuni erau incomensurabile.
A miracle must have kept the medical fraternities unsuspecting.
Un miracol trebuie să fi ținut fraternitățile medicale nebănuitoare.
But they never noted the strange parallelisms of the cases.
Dar nu au observat niciodată paralelismele stranii ale cazurilor.
Else they too would have come to mystified conclusions.
Altfel, și ei ar fi ajuns la concluzii misterioase.
I must confess these were indeed a set of weird paper cuttings.
Trebuie să recunosc că acestea erau într-adevăr un set de decupaje ciudate din hârtie.
My uncle had put forward a convincing argument.
Unchiul meu a prezentat un argument convingător.
I can't explain how I set the evidence aside.
Nu pot explica cum am pus dovezile deoparte.
But my callous rationalism took the upper hand.
Dar raționalismul meu insensibil a preluat controlul.

And I was still suspicious of the young sculptor, Wilcox.
Și încă îl suspicios pe tânărul sculptor, Wilcox.
He must have known of the older matters mentioned by the professor.
Trebuie să fi știut despre chestiunile mai vechi menționate de profesor.

The Tale of Inspecter Legrasse
Povestea inspectorului Legrasse

Let me turn your attention away from the young sculptor.
Permiteți-mi să vă întorc atenția de la tânărul sculptor.
And let us focus on the second half of the manuscript.
Și să ne concentrăm asupra celei de-a doua jumătăți a manuscrisului.
A few dreams alone would not have been so significant.
Câteva vise singure n-ar fi fost atât de semnificative.
The bas-relief could have been dismissed as a hoax.
Basorelieful ar fi putut fi considerat o farsă.
But my uncle had previously been primed to take interest.
Dar unchiul meu fusese anterior pregătit să se intereseze.
Wilcox's dream seemed to have a link to past events.
Visul lui Wilcox părea să aibă o legătură cu evenimente trecute.
It wasn't the first time that he had heard that word.
Nu era prima dată când auzea cuvântul acela.
The ominous syllables perhaps written as "Cthulhu".
Silabele de rău augur sunt probabil scrise ca „Cthulhu".
He had seen and heard of similar descriptions before.
Mai văzuse și mai auzise descrieri similare.
The hellish outlines of the nameless monstrosity.
Contururile infernale ale monstruozității fără nume.
He had previously puzzled over the same hieroglyphics.
Înainte se mai gândise la aceleași hieroglife.
All this produced a horrible connection of events.
Toate acestea au produs o oribilă legătură de evenimente.
It is no wonder he pursued young Wilcox with queries.
Nu e de mirare că l-a assincat pe tânărul Wilcox cu întrebări.
And we must not be surprised he interrogated Wilcox so.
Și nu trebuie să ne surprindă că l-a interogat pe Wilcox în acest fel.
This earlier experience had come in the year of 1908.
Această experiență anterioară avusese loc în anul 1908.
Seventeen years before Wilcox came to my great-uncle.

Șaptesprezece ani înainte ca Wilcox să vină la unchiul meu.

The archeological society were meeting in St. Louis.

Societatea arheologică se întrunea în St. Louis.

Professor Angell had a prominent part in the deliberations.

Profesorul Angell a avut un rol important în deliberări.

His responsibilities befitted one of his authority.

Responsabilitățile sale se potriveau cu una dintre autoritățile sale.

He was one of the first to be approached by several outsiders.

El a fost unul dintre primii abordați de mai mulți străini.

They took advantage of the convocation to offer questions.

Au profitat de convocare pentru a adresa întrebări.

They hoped for correct answering from an expert.

Ei sperau la un răspuns corect din partea unui expert.

They each had very peculiar types of problems.

Fiecare dintre ei avea tipuri foarte specifice de probleme.

And they required very different types of solutions.

Și au necesitat tipuri foarte diferite de soluții.

The chief of these was a common-looking middle-aged man.

Șeful acestora era un bărbat de vârstă mijlocie, cu înfățișare obișnuită.

And he quickly became the meeting's focus of interest.

Și a devenit rapid centrul atenției întâlnirii.

***

He had traveled to St. Louis all the way from New Orleans.

El călătorise până la St. Louis tocmai din New Orleans.

He had come to the meeting for special information.

Venise la întâlnire pentru informații speciale.

Knowledge that could not be unobtained from local source.

Cunoștințe care nu puteau fi neobținute din surse locale.

His name was John Raymond Legrasse, police inspector.

Numele lui era John Raymond Legrasse, inspector de poliție.

He bore with him the mysterious subject of his inquiries.

El purta cu el subiectul misterios al întrebărilor sale.

A grotesque and apparently very ancient stone statuette.
O statuetă de piatră grotescă și aparent foarte veche.
A statuette whose origin no one had been able to determine.
O statuetă a cărei origine nimeni nu a putut să o determine.
But don't assume Inspector Legrasse was an archeologist.
Dar nu presupuneți că inspectorul Legrasse a fost arheolog.
He had very little interest in archeology, nor mythology.
Avea foarte puțin interes pentru arheologie, nici pentru mitologie.
His wish for enlightenment had rather different motivations.
Dorința sa de iluminare avea motivații destul de diferite.
He was prompted to come by purely professional considerations.
A fost îndemnat să vină din considerații pur profesionale.
The statuette had been captured as part of a police raid.
Statueta fusese capturată în cadrul unei razii a poliției.
Although whether it was even a statuette wasn't determined.
Deși nu s-a stabilit dacă era măcar o statuetă.
It could also have been an idol, magic fetish, or charm.
Ar fi putut fi, de asemenea, un idol, un fetiș magic sau un talisman.
Whatever it was, it had been captured some months previously.
Oricare ar fi fost motivul, fusese capturat cu câteva luni înainte.
A meeting was being held in the wooded swamps of New Orleans.
O întâlnire se ținea în mlaștinile împădurite din New Orleans.
The police had been tipped of about a supposed voodoo meeting.
Poliția fusese informată despre o presupusă întâlnire voodoo.
Strange and hideous rites connected with the voodoo circle.
Rituri ciudate și hidoase legate de cercul voodoo.
The police could not but realize what they had stumbled on.
Poliția nu a putut să nu-și dea seama de ce dăduse peste.
A dark cult previously totally unknown to the authorities.

Un cult întunecat, complet necunoscut anterior autorităților.
Infinitely more sinister than what an outsider could expect.
Infinit mai sinistru decât s-ar putea aștepta un străin.
More diabolic than the blackest of the African voodoo circles.
Mai diabolic decât cel mai negru dintre cercurile voodoo africane.
Unbelievable tales were extorted from the captured cult members.
Povești incredibile au fost extorcate de la membrii cultului capturați.
But nothing of the relic's origin could be discovered.
Dar nimic despre originea relicvei nu a putut fi descoperit.
Hence the anxiety of the police for any antiquarian lore.
De aici și anxietatea poliției față de orice știință anticară.
Ancient mythology might explain the frightful symbol.
Mitologia antică ar putea explica simbolul înfricoșător.
Deeper knowledge could perhaps track the fountain-head.
O cunoaștere mai profundă ar putea poate să determine izvorul.
Inspector Legrasse was not prepared for the excitement he created.
Inspectorul Legrasse nu era pregătit pentru agitația pe care o stârnea.
One sight of the mysterious object was all that was required.
O singură vedere a obiectului misterios era tot ce era necesar.
The assembled men of science were filled with curiosity.
Oamenii de știință adunați erau cuprinși de curiozitate.
They lost no time in crowding closely around the inspector.
Nu au pierdut nicio clipă și s-au înghesuit în jurul inspectorului.
And they all tried to get the best look at the diminutive figure.
Și toți au încercat să vadă cât mai bine silueta diminutivă.

***

The genuinely abysmal antiquity inspired wild imagination.
Antichitatea cu adevărat abisală a inspirat o imaginație
sălbatică.
**The strangeness hinted so potently at unopened and archaic
vistas.**
Stranietatea sugera atât de puternic niște priveliști nedeschise
și arhaice.
**No recognized school of sculpture had animated this terrible
object.**
Nicio școală de sculptură recunoscută nu animase acest obiect
teribil.
**Yet centuries seemed recorded in the dim and greenish
surface.**
Totuși, secolele păreau înscrise pe suprafața slabă și verzuie.
**Perhaps thousands of years were hidden in this unplaceable
stone.**
Poate că mii de ani erau ascunse în această piatră de
neînlocuit.
The figurine was finally passed slowly from man to man.
În cele din urmă, figurina a fost transmisă încet din om în om.
**Each scientist carefully studied the strange markings of the
stone.**
Fiecare om de știință a studiat cu atenție marcajele ciudate ale
pietrei.
The work was between seven and eight inches in height.
Lucrarea avea o înălțime cuprinsă între șapte și opt inci.
And the exquisite artistic workmanship must be noted.
Și trebuie remarcată măiestria artistică rafinată.
**The carvings represented a monster of vaguely anthropoid
outline.**
Sculpturile reprezentau un monstru cu contur vag antropoid.
On the face of the octopus-esque head was a mass of feelers.
Pe fața capului care semăna cu o caracatiță se afla o masă de
antene.
**Prodigious claws on hind and fore feet protruded from the
body.**

Gheare prodigioase de pe picioarele din spate și din față
ieșeau din corp.
The bloated corpulence had a rubbery looking quality to it.
Corpulența umflată avea un aspect cauciucat.
**And from behind the rubbery body came out two narrow
wings.**
Și din spatele corpului cauciucat au ieșit două aripi înguste.
It would be instinctual to think of this thing as fearsome.
Ar fi instinctiv să credem că acest lucru este înfricoșător.
**There was an unnatural malignancy to the aura of the
creature.**
Aura creaturii avea o malignitate nefirească.
The gargantuan squatted evilly on a rectangular block.
Gigantuistul stătea ghemuit malefic pe un bloc
dreptunghiular.
**The pedestal it was on was covered with undecipherable
characters.**
Piedestalul pe care se afla era acoperit de caractere
indescifrabile.
The tips of the wings touched the back edge of the block.
Vârfurile aripilor atingeau marginea din spate a blocului.
The creature was sitting on the middle of the giant block.
Creatura stătea în mijlocul blocului uriaș.
Its legs were doubled up under its monstrous body.
Picioarele îi erau îndoite sub corpul său monstruos.
The long, curved claws gripped the front edge of the cliff.
Ghearele lungi și curbate se agățau de marginea frontală a
stâncii.
**The cephalopod head was bent forward, observing its
kingdom.**
Capul cefalopodului era aplecat înainte, observându-și regnul.
**The ends of the facial feelers brushed the backs of huge
forepaws.**
Capetele palpatoarelor faciale au atins spatele unor labe
anterioare uriașe.
And the forepaws clasped the croucher's elevated knees.
Și labele din față au strâns genunchii ridicați ai celui ghemuit.

The appearance of the grotesque scene was abnormally lifelike.

Aspectul scenei grotești era anormal de realist.

But this lifelike quality only added a subtle reason to be more fearful.

Însă această calitate realistă nu a făcut decât să adauge un motiv subtil pentru a fi și mai temător.

Because we knew nothing about the source of the depiction.

Pentru că nu știam nimic despre sursa reprezentării.

The creature's vast, awesome, and incalculable age was unmistakable.

Vârsta vastă, impresionantă și incalculabilă a creaturii era inconfundabilă.

But not one link did the depiction show with any known type of art.

Dar reprezentarea nu a arătat nicio legătură cu vreun tip de artă cunoscut.

Not even the earliest civilizations made reference to this creature.

Nici măcar cele mai vechi civilizații nu au făcut referire la această creatură.

But that is not the only point at which our knowledge failed us.

Dar acesta nu este singurul punct în care cunoștințele noastre ne-au dezamăgit.

***

The mineralogy of the stone was also a complete mystery.

Mineralogia pietrei era, de asemenea, un mister complet.

Gold specks dotted the soapy, greenish-black stone.

Pete aurii împânzeau piatra neagră-verzuie, ca săpunul.

Iridescent striations ran along the length of the stone.

Striații iridescente se întindeau de-a lungul pietrei.

In short, the stone resembled nothing within mineralogy.

Pe scurt, piatra nu semăna cu nimic din mineralogie.

Geologists hadn't been able to identify the stone either.

Nici geologii nu au reușit să identifice piatra.

The hieroglyphs along the stone were equally baffling.

Hieroglifele de pe piatră erau la fel de derutante.

The writing system was horribly different than other scripts.

Sistemul de scriere era îngrozitor de diferit de alte alfabete.

A representation of half the world's leading experts was present.

A fost prezentă o reprezentare a jumătate dintre cei mai importanți experți din lume.

But no link to any known writing system could be established.

Dar nu s-a putut stabili nicio legătură cu vreun sistem de scriere cunoscut.

Everything frightfully suggested an old and unhallowed cycle of life.

Totul sugera în mod înfricoșător un ciclu al vieții vechi și nesfințit.

A history in which our world and our conceptions played no part.

O istorie în care lumea și concepțiile noastre nu au jucat niciun rol.

The experts shook their heads, admitting they had been defeated.

Experții clătinară din cap, recunoscând că fuseseră învinși.

But one expert did not give up quite so quickly.

Însă un expert nu a renunțat chiar atât de repede.

He claimed to have a touch of bizarre familiarity with the subject.

El a pretins că are o oarecare familiaritate bizară cu subiectul.

The monstrous shape and writing weren't entirely new to him.

Forma și scrisul monstruoase nu erau complet noi pentru el.

With some diffidence he told of the odd trifle he knew.

Cu oarecare timiditate, a povestit despre câte un fleac pe care îl știa.

This person was the late William Channing Webb.

Această persoană a fost regretatul William Channing Webb.

He was professor of anthropology in Princeton University.

A fost profesor de antropologie la Universitatea Princeton.

And he was an explorer of no small significance.

Și a fost un explorator de o importanță nu mică.

***

**Forty-eight years ago he was exploring Greenland and
Iceland.**

Acum patruzeci și opt de ani, explora Groenlanda și Islanda.

His group were in search of some Runic inscriptions.

Grupul său căuta niște inscripții runice.

But the expedition failed to unearth any inscriptions.

Însă expediția nu a reușit să dezgrope nicio inscripție.

They trekked the heights of West Greenland's coasts.

Au călătorit pe înălțimile coastelor Groenlandei de Vest.

Here they encountered a strange cult of degenerate Eskimos.

Aici au întâlnit un cult ciudat de eschimoși degenerați.

Their religion consisted of a form of devil-worship.

Religia lor consta dintr-o formă de cultul diavolului.

**And their rituals were deliberately bloodthirsty and
repulsive.**

Și ritualurile lor erau în mod deliberat sângeroase și
respingătoare.

It was a faith of which other Eskimos knew little.

Era o credință despre care ceilalți eschimoși știau puține
lucruri.

Locals shuddered at the mention of their practices.

Localnicii au tremurat la auzul pomenirii practicilor lor.

They said their believes came from horribly ancient eons.

Au spus că credințele lor provin din eoni îngrozitor de
străvechi.

**A time before the world as we know it now had ever been
made.**

O perioadă dinainte ca lumea așa cum o știm acum să fi fost
creată.

There were human sacrifices and queer hereditary rituals.

Existau sacrificii umane și ritualuri ereditare ciudate.

And all their worship was directed at a supreme tornasuk.

Și toată închinarea lor era îndreptată către un tornasuk suprem.

Professor Webb had taken a phonetic copy from an aged angekok.

Profesorul Webb luase o copie fonetică de la un angekok bătrân.

He had transcribed the wizard-priest's chants as best he could.

Transcrisese cântecele preotului-vrăjitor cât de bine putuse.

But currently these transcriptions weren't of prime significance.

Dar în prezent aceste transcrieri nu aveau o importanță primordială.

The cult had a cherished stone that they worshipped.

Cultul avea o piatră prețuită pe care o venerau.

They danced wildly when the aurora leaped over the ice cliffs.

Au dansat nebunește când aurora a sărit peste stâncile de gheață.

And in the midst of their dance was the strange stone.

Și în mijlocul dansului lor se afla piatra ciudată.

It was, the professor stated, a very crude bas-relief of stone.

Era, a afirmat profesorul, un basorelief foarte rudimentar din piatră.

The stone comprised a hideous picture and some cryptic writing.

Piatra cuprindea o imagine hidoasă și niște scrieri criptice.

And as far as he could tell this stone was a rough parallel.

Și, din câte și-a putut da seama, această piatră era o paralelă aproximativă.

The stone had all the same essential features of bestial things.

Piatra avea toate aceleași trăsături esențiale ale lucrurilor animalice.

The scientists received this data with suspense and astonishment.

Oamenii de știință au primit aceste date cu suspans și uimire.

Even Inspector Legrasse had quickly gained an interest in mythology.

Chiar și inspectorul Legrasse căpătase rapid un interes pentru mitologie.

And he began at once to ply his informant with questions.

Și a început imediat să-i pună informațiilor sale întrebări.

He had notes of the oral ritual of the cult-worshipers in the swamp.

Avea notițe despre ritualul oral al închinătorilor unui cult din mlaștină.

He besought the professor to remember the diabolist Eskimos' chants.

L-a implorat pe profesor să-și amintească cântecele eschimoșilor diabolici.

There then followed an exhaustive comparison of details.

A urmat apoi o comparație exhaustivă a detaliilor.

And there then followed a moment of really awed silence.

Și a urmat apoi un moment de tăcere cu adevărat plină de uimire.

The Eskimo wizards and the Louisiana swamp-priests were worlds apart.

Vrăjitorii eschimoși și preoții mlaștinii din Louisiana erau lumi separate.

And yet there was a phrase the two hellish rituals had in common.

Și totuși, exista o expresie pe care cele două ritualuri infernale o aveau în comun.

"Ph'nglui mglw'nafh Cthulhu R'lyeh wgah'nagl fhtagn."

"Ph'nglui mglw'nafh Cthulhu R'lyeh wgah'nagl fhtagn."

***

Legrasse had one advantage over Professor Webb.

Legrasse avea un avantaj față de profesorul Webb.

He had spoken to several of his mongrel prisoners.

Vorbise cu mai mulți dintre prizonierii săi corcituri.

Some of them had passed on the phrase's meaning.

Unii dintre ei au transmis mai departe sensul expresiei.

"In his house at R'lyeh dead Cthulhu waits dreaming."

„În casa sa din R'lyeh, mortul Cthulhu așteaptă visând.”

So the attention turned back to Inspector Legrasse.

Așa că atenția s-a îndreptat din nou către inspectorul Legrasse.

And he was probed with many disconnected questions.

Și a fost întrebat cu multe întrebări fără legătură.

He detailed his experience with the worshipers from the swamp.

El a detaliat experiența sa cu enoriașii din mlaștină.

My uncle attached profound significance to the story.

Unchiul meu a acordat o importanță profundă poveștii.

The report savored of the wildest dreams of myth-makers.

Raportul avea savoarea celor mai îndrăznețe vise ale creatorilor de mituri.

Theosophists could not have provided more imagination.

Teosofii nu ar fi putut oferi mai multă imaginație.

But the philosophies came from unexpected sources.

Dar filozofiile proveneau din surse neașteptate.

Half-castes and pariahs told these fantastical stories.

Metișii și pariaii spuneau aceste povești fantastice.

On November 1st, 1907, his chain of events unfolded.

Pe 1 noiembrie 1907, lanțul evenimentelor sale s-a desfășurat.

The New Orleans police received desperate calls.

Poliția din New Orleans a primit apeluri disperate.

They were called to the swamp and lagoon country to the south.

Au fost chemați în regiunea mlaștinoasă și lagunară din sud.

The settlers there were mostly primitive, but good-natured.

Coloniștii de acolo erau în mare parte primitivi, dar buni la suflet.

Most living by the swamp were descendants of Lafitte's men.

Majoritatea celor care locuiau lângă mlaștină erau descendenți ai oamenilor lui Lafitte.

But now they were in the grip of stark terror.
Dar acum erau cuprinși de o teroare cruntă.

An unknown thing had stolen upon them in the night.
Un lucru necunoscut li se furișase în timpul nopții.

It was voodoo, apparently, that caused the disturbance.
Se pare că voodoo a cauzat tulburarea.

But it was a voodoo unlike the other forms of voodoo.
Dar era un voodoo, spre deosebire de celelalte forme de voodoo.

Voodoo of a more terrible sort than they had ever known.
Un voodoo de un fel mai teribil decât cunoscuseră vreodată.

Some of their women and children had disappeared.
Unele dintre femeile și copiii lor dispăruseră.

A malevolent drumming had begun its incessant beating.
Un bătăi de tobe malefic începuse să-și bată neîncetat.

Far and deep within those dark, black haunted woods.
Departe și adânc în acele păduri întunecate, negre și bântuite.

There, where no dweller dared to ventured close to.
Acolo, unde niciun locuitor nu îndrăznea să se apropie.

There were insane shouts and harrowing screams.
Se auzeau strigăte nebunești și țipete înfiorătoare.

Soul-chilling chants and dancing devil-flames.
Cântece înfiorătoare și flăcări diabolice dansante.

The messenger and his people could stand it no more.
Mesagerul și poporul său nu au mai putut suporta.

A body of twenty police set out in the late afternoon.
Un corp de douăzeci de polițiști a pornit la drum spre sfârșitul după-amiezii.

And a shivering settler came with them as a guide.
Și un colonist tremurând a venit cu ei ca ghid.

***

At the end of the passable road they alighted.
La capătul drumului practicabil, au coborât.

For miles and miles they splashed on in silence.
Kilometri întregi au stropit apa în tăcere.
And they went on through the terrible cypress woods.
Și au mers mai departe prin îngrozitoarea pădure de
chiparoși.
Dark, dark woods in which day but almost never came.
Păduri întunecate, întunecate în care zi, dar aproape niciodată
nu a venit.
Ugly roots set traps for them in the wet ground.
Rădăcini urâte le pun capcane în pământul umed.
Malignant hanging nooses of Spanish moss beset them.
Lațuri maligne atârnate de mușchi spaniol îi asaltau.
In the distance the settlement slowly came into sight.
În depărtare, așezarea apăru încet în zare.
Hysterical dwellers ran out of the miserable huts.
Locuitorii isterici au ieșit în fugă din colibele mizerabile.
They clustered around the group of bobbing lanterns.
S-au adunat în jurul grupului de felinare care se legănau.
Far, far ahead the cause of all the fear could be heard.
Departe, mult înainte, se putea auzi cauza întregii frici.
The muffled beat of drums was now faintly audible.
Bătaia înăbușită a tobelor se auzea acum slab.
At times the wind shifted and revealed different sounds.
Uneori, vântul se schimba și dezvăluia sunete diferite.
Curdling shrieks were audible at infrequent intervals.
Țipete înăbușitoare se auzeau la intervale rare.
A reddish glare seemed to filter through the undergrowth.
O strălucire roșiatică părea să se filtreze prin tufișuri.
The settlers were reluctant to be left alone again.
Coloniștii erau reticenți să fie lăsați din nou în pace.
But they point blank refused to move forwards either.
Dar nici ei au refuzat categoric să meargă mai departe.
So the inspector and his colleagues plunged on unguided.
Așa că inspectorul și colegii săi au pornit mai departe
neîndrumați.
And they went into the black arcades of horror.
Și au intrat în arcadele întunecate ale groazei.

The region was one of traditionally evil repute.

Regiunea avea în mod tradițional o reputație rea.

The lands were substantially unknown by white men.

Pământurile erau în mare parte necunoscute oamenilor albi.

Not many explorers had traversed those regions yet.

Nu mulți exploratori traversaseră încă acele regiuni.

There were also legends of a hidden away lake.

Existau și legende despre un lac ascuns.

A body of water still unglimpsed by mortal sight.

O întindere de apă încă nezărită de vederea muritoare.

In the lake it was said there dwelt a strange creature.

Se spunea că în lac trăiește o creatură ciudată.

A huge, formless white polypous thing with luminous eye.

O chestie polipoasă albă, imensă, fără formă, cu un ochi luminos.

And settlers whispered about bat-winged devils.

Și coloniștii șopteau despre diavoli cu aripi de liliac.

They flew up out of caverns from the inner earth.

Au zburat din caverne din interiorul Pământului.

And together the demons worship it at midnight.

Și împreună demonii o venerează la miezul nopții.

They said it had been there before D'Iberville.

Au spus că fusese acolo înainte de D'Iberville.

They said it had been there before La Salle too.

Au spus că fusese acolo și înainte de La Salle.

They said it was there before the Native Americans.

Au spus că era acolo înainte de amerindieni.

Perhaps it was even there before the wholesome beasts.

Poate că era acolo chiar înaintea animalelor sănătoase.

It was a nightmare itself that made men dream.

Era în sine un coșmar care îi făcea pe oameni să viseze.

And to see the thing was the same as death.

Și a vedea lucrul acesta era același lucru cu moartea.

And so they had enough warning to know to keep away.

Și astfel au avut suficiente avertizări ca să știe să se stea departe.

Because it was indeed where they were warned it was.

Pentru că într-adevăr acolo fuseseră avertizaţi că se află.
The voodoo orgy was on the fringe of this abhorred area.
Orgia voodoo a avut loc la marginea acestei zone detestate.
But the location was already bad enough by itself.
Dar locaţia era deja suficient de rea în sine.
The voodoo activities only added to the horror.
Activităţile voodoo nu au făcut decât să sporească oroarea.
Perhaps poetry could do justice to the noises heard.
Poate că poezia ar putea face dreptate zgomotelor auzite.
Otherwise only madness would help one understand.
Altfel, doar nebunia te-ar ajuta să înţelegi.
But Legrasse's plowed on through the black morass.
Dar Legrasse a continuat să brăzdeze mlaştina neagră.
The sound of the muffled drumming slowly crystalized.
Sunetul înăbuşit al tobelor s-a cristalizat încet.
And they continued steadily towards the red glare.
Şi au continuat să se îndrepte constant spre strălucirea roşie.

***

There are vocal qualities specific to men.
Există calităţi vocale specifice bărbaţilor.
And there are vocal qualities specific to beasts.
Şi există calităţi vocale specifice fiarelor.
It is terrible when one makes the sounds of the other.
E îngrozitor când unul scoate sunetele celuilalt.
Animal fury freed them of their human restraint.
Furia animalică i-a eliberat de constrângerile omeneşti.
Orgiastic license whipped them into demoniac heights.
Licenţia orgiastică i-a împins spre culmi demonice.
Howls that tore through those perpetually dark woods.
Urlete care sfâşiau acele păduri perpetuu întunecate.
Squawking ecstasies that echoed in everyone's mind.
Extaze ţipătoare care răsunau în mintea tuturor.
Sounds like pestilential tempests from the gulfs of hell.
Sună ca nişte furtuni pestilenţiale din adâncurile iadului.
Now and then the less organized ululations would cease.

Din când în când, ululatele mai puțin organizate încetau.

A well-drilled chorus of hoarse voices rose in singsong.

Un cor bine instruit de voci răgușite s-a ridicat într-un cântec.

And they chanted that hideous phrase of their ritual.

Și au scandat acea frază hidoasă a ritualului lor.

"Ph'nglui mglw'nafh Cthulhu R'lyeh wgah'nagl fhtagn"

"Ph'nglui mglw'nafh Cthulhu R'lyeh wgah'nagl fhtagn"

Then the men reached a spot where the trees were sparser.

Apoi, bărbații au ajuns într-un loc unde copacii erau mai rari.

Suddenly they come in sight of the spectacle itself.

Deodată, ei intră în fața spectacolului în sine.

Four of them reeled from the horrible things they saw.

Patru dintre ei au fost uluiți de lucrurile oribile pe care le-au văzut.

One man fainted, and two were shaken into a frantic cry.

Un bărbat a leșinat, iar doi au fost zguduiți și au izbucnit într-un țipat frenetic.

Fortunately their screams were not heard by other ears.

Din fericire, țipetele lor nu au fost auzite de alte urechi.

The mad cacophony of the orgy deadened their screams.

Cacofonia nebună a orgiei le-a înăbușit țipetele.

Legrasse splashed swamp water on the fainting man.

Legrasse l-a stropit pe bărbatul leșinat cu apă de mlaștină.

They stood up again, but nearly hypnotized with horror.

S-au ridicat din nou, dar aproape hipnotizați de groază.

In a natural glade of the swamp stood a grassy island.

Într-o poiană naturală a mlaștinii se afla o insulă acoperită de iarbă.

The grassy island extended perhaps for an acre.

Insula acoperită de iarbă se întindea probabil pe un acru.

And the area was clear of trees and tolerably dry.

Și zona era lipsită de copaci și tolerabil de uscată.

A horde of human abnormality leaped and twisted.

O hoardă de anomalii umane a sărit și s-a răsucit.

No Sime could paint what the men were seeing.

Niciun Sime nu putea picta ceea ce vedeau bărbații.

No Angarola has ever painted such an indescribable scene.

Niciun Angarola n-a pictat vreodată o scenă atât de indescriptibilă.

The hybrid spawn made a monstrous ring-shaped bonfire.

Creatura hibridă a făcut un foc de tabără monstruos în formă de inel.

They brayed bellowed and writhed about in their nudity.

Au rajat, au urlat și s-au zvârcolit în nuditatea lor.

Occasionally there were rifts in the curtain of flame.

Din când în când, existau rupturi în cortina de flăcări.

And there the object of their worship revealed itself.

Și acolo s-a revelat obiectul închinării lor.

In the midst of the fire stood a great granite monolith.

În mijlocul focului se afla un mare monolit de granit.

The stone structure was only about eight feet in height.

Structura de piatră avea doar aproximativ doi metri și jumătate înălțime.

And the noxious carven statuette rested on the monolith.

Și statueta sculptată nocivă se odihnea pe monolit.

The idle was almost incongruous in its diminutiveness.

Trăsnirea era aproape incongruentă prin diminutivitatea ei.

Spaced evenly, scaffolds had been erected around the fire.

În jurul focului fuseseră ridicate schele, dispuse uniform.

From the scaffolding hung a number of marred bodies.

De schele atârnau o serie de cadavre schilodite.

The bodies of those that had disappeared from nearby.

Cadavrele celor care dispăruseră din apropiere.

It was inside this circle the ring of worshipers were.

În interiorul acestui cerc se afla inelul închinătorilor.

And they roared and jumped in the frantic trance.

Și au răcnit și au sărit în transa frenetică.

The general direction of the motion was anti-clockwise.

Direcția generală a mișcării a fost în sens invers acelor de ceasornic.

The ring of bodies circling around the ring of fire.

Inelul de corpuri care înconjoară cercul de foc.

One man recollected other details even more concerning.

Un bărbat și-a amintit alte detalii și mai îngrijorătoare.

But perhaps the echoes induced him to hear other things.

Dar poate că ecourile l-au făcut să audă şi alte lucruri.

He fancied he heard antiphonal responses to the ritual.

I s-a părut că aude răspunsuri antifonice la ritual.

Noises from an unillumined spot deeper within the woods.

Zgomote dintr-un loc neiluminat, din adâncul pădurii.

This man, Joseph D. Galvez, I later met and questioned.

Pe acest bărbat, Joseph D. Galvez, l-am întâlnit şi l-am întrebat mai târziu.

And he proved to indeed be distractingly imaginative.

Și s-a dovedit într-adevăr a fi o imaginaţie care distrage atenţia.

He even hinted at the faint beating of great wings.

A sugerat chiar şi bătaia slabă a unor aripi mari.

And he suggested there was a glimpse of shining eyes.

Și a sugerat că se zăreau nişte ochi strălucitori.

And beyond the trees, a mountainous white bulk of something.

Și dincolo de copaci, o masă albă, muntoasă, a ceva.

I suppose he had heard too much native superstition.

Presupun că auzise prea multe superstiţii băştinaşi.

But actually the horrified pause was relatively brief.

Dar, de fapt, pauza îngrozită a fost relativ scurtă.

Duty came first, and they had come to do a job.

Datoria era pe primul loc, iar ei veniseră să facă o treabă.

***

There must have been nearly a hundred mongrel celebrants.

Trebuie să fi fost aproape o sută de celebranţi corcituri.

But the police were able to rely on their firearms.

Dar poliţia s-a putut baza pe armele lor de foc.

And they plunged determinedly into the nauseous rout.

Și s-au cufundat hotărâţi în debarasa greţoasă.

For five minutes the chaotic din was beyond description.

Timp de cinci minute, vacarmul haotic a fost de nedescris.

Wild blows were struck and shots were fired.

S-au dat lovituri sălbatice și s-au tras focuri de armă.

Some escaped arrest by running into the darkness.

Unii au scăpat de arestare fugind în întuneric.

They had a better knowledge of the layout of the swamp.

Cunoșteau mai bine amplasamentul mlaștinii.

But Legrasse and his men caught around half of them.

Dar Legrasse și oamenii lui au prins cam jumătate dintre ei.

And they counted around forty-seven sullen prisoners.

Și au numărat în jur de patruzeci și șapte de prizonieri posomorâți.

They were forced to put on their clothes again.

Au fost obligați să se îmbrace din nou.

And they fell into line between two rows of policemen.

Și s-au așezat la rând între două rânduri de polițiști.

Five of the worshipers lay dead by the fire.

Cinci dintre închinători zăceau morți lângă foc.

Two severely wounded prisoners were carried away.

Doi prizonieri grav răniți au fost duși departe.

Of course the image on the monolith was removed.

Bineînțeles că imaginea de pe monolit a fost îndepărtată.

Legrasse himself took the evidence to the police station.

Legrasse însuși a dus probele la secția de poliție.

The trip back to the headquarters was of intense strain.

Drumul înapoi la sediu a fost extrem de solicitant.

The men were examined when they got back to civilization.

Bărbații au fost examinați când s-au întors în civilizație.

The prisoners all proved to be men of a very low type.

Toți prizonierii s-au dovedit a fi oameni de o categorie foarte inferioară.

They were all mixed-blooded, and mentally aberrant.

Toți erau cu sânge mixt și aberanți mintal.

Most were seamen by trade, or some similar professions.

Majoritatea erau marinari de meserie sau cu profesii similare.

Negroes and mulattoes were sprinkled among them.

Negri și mulatri erau presărați printre ei.

But most seemed to be West Indians or Brava Portuguese.

Dar majoritatea păreau a fi vest-indieni sau portughezi brava.

They primarily came from the Cape Verde Islands.
Aceştia proveneau în principal din Insulele Capului Verde.
They gave the heterogeneous cult a coloring of voodooism.
Ei au dat cultului eterogen o nuanţă de voodoism.
But there wasn't even a need to ask too many questions.
Dar nici măcar nu era nevoie să pună prea multe întrebări.
The conclusion quickly became manifest by itself.
Concluzia s-a manifestat rapid de la sine.
Something far deeper than negro fetishism was involved.
Era implicat ceva mult mai profund decât fetişismul negrilor.
Although ignorant, but their story was consistent.
Deşi ignoranţi, povestea lor a fost consecventă.
The creatures all spoke of the same central idea.
Toate creaturile vorbeau despre aceeaşi idee centrală.
They certainly all shared the same loathsome faith.
Cu siguranţă, toţi împărtăşeau aceeaşi credinţă dezgustătoare.
They worshiped, so they said, the great old ones.
Îi venerau, spuneau ei, pe cei mari şi bătrâni.
The great old ones lived long before there were any men.
Marii bătrâni au trăit cu mult înainte de a exista vreun om.
And they came to the young world out of the sky.
Şi au venit în lumea tânără din ceruri.
Those old ones were now gone, they explained.
Acelea vechi dispăruseră acum, au explicat ei.
They were now inside the earth and under the sea.
Acum se aflau în interiorul pământului şi sub mare.
But their dead bodies found ways to tell their secrets.
Dar cadavrele lor au găsit modalităţi de a-şi dezvălui secretele.
They whispered into the dreams of the first men.
Şopteau în visele primilor oameni.
And the first men formed a cult which has never died.
Şi primii oameni au format un cult care nu a dispărut
niciodată.

***

The cult had always existed, and always would exist.

Cultul a existat dintotdeauna și va exista întotdeauna.

Their followers were hidden in wastes all over the world.

Adepții lor erau ascunși în pustiuri din întreaga lume.

Their followers were in dark places explorers overlooked.

Urmașii lor se aflau în locuri întunecate pe care exploratorii le treceau cu vederea.

And they would remain hidden until they were called.

Și aveau să rămână ascunși până când erau chemați.

When the great priest Cthulhu rises again to the surface.

Când marele preot Cthulhu se ridică din nou la suprafață.

When Cthulhu brings the earth again beneath his sway.

Când Cthulhu își aduce din nou pământul sub stăpânirea.

When Cthulhu leaves from his dark house in the mighty city of R'lyeh.

Când Cthulhu pleacă din casa sa întunecată din puternicul oraș R'lyeh.

Some day he was going call, when the stars were ready.

Într-o zi urma să sune, când stelele vor fi gata.

And the secret cult will always be waiting to liberate him.

Și cultul secret va aștepta mereu să-l elibereze.

Meanwhile, no more of his story must be told.

Între timp, nu trebuie mai spusă nimic din povestea lui.

There was a secret even torture could not extract.

Exista un secret pe care nici măcar tortura nu l-ar fi putut scoate la iveală.

Mankind was not alone among the conscious things of earth.

Omenirea nu era singura printre lucrurile conștiente de pe pământ.

Because shapes came out of the dark to visit the faithful few.

Pentru că forme au ieșit din întuneric ca să-i viziteze pe cei câțiva credincioși.

But these were not the great old ones.

Dar acestea nu erau cele vechi și mărețe.

No man had ever seen the great old ones.

Niciun om nu-i văzuse vreodată pe cei mari și bătrâni.

The carven idol was of great Cthulhu.

Idolul sculptat era al marelui Cthulhu.

None could say whether the others were like him.
Nimeni nu putea spune dacă ceilalţi erau ca el.
No one could read the old writing now.
Nimeni nu mai putea citi acum vechea scriere.
Instead, things were told by word of mouth.
În schimb, lucrurile se spuneau din gură în gură.
The chanted ritual was not the secret.
Ritualul incantat nu era secretul.
The secret was never spoken aloud, only whispered.
Secretul nu a fost niciodată rostit cu voce tare, ci doar şoptit.
The chant meant one thing, and one thing alone:
Cântarea însemna un singur lucru şi doar un singur lucru:
"In his house at R'lyeh dead Cthulhu waits dreaming."
„În casa sa din R'lyeh, mortul Cthulhu aşteaptă visând.”
Only two of the prisoners were found sane enough to be hanged.
Doar doi dintre prizonieri au fost găsiţi suficient de sănătoşi la minte pentru a fi spânzuraţi.
The rest of them were committed to various institutions.
Restul erau încredinţaţi diverselor instituţii.
All denied to have taken any part in the ritual murders.
Toţi au negat că ar fi luat vreo parte la crimele ritualice.
They said the killing had been done by something else.
Au spus că uciderea a fost comisă de altcineva.
"The black-winged ones," the each insisted, separately.
„Cele cu aripi negre”, insistă fiecare, separat.
They had come to them from their immemorial meeting-place.
Veniseră la ei din locul lor de întâlnire imemorial.
They had arisen out from the haunted woodlands.
Ieşiseră din pădurile bântuite.
But the stories of mysterious allies were inconsistent.
Dar poveştile despre aliaţii misterioşi erau inconsistente.

*****

What the police did extract came mainly from one man.

Ceea ce a extras poliția provenea în principal de la un singur bărbat.

An immensely aged mestizo named Castro.

Un mestizo extrem de în vârstă pe nume Castro.

He claimed to have sailed to strange ports.

El a susținut că a navigat spre porturi ciudate.

And he said he had been to the mountains of China.

Și a spus că fusese în munții Chinei.

There he talked with undying leaders of the cult.

Acolo a vorbit cu liderii nemuritori ai cultului.

Old Castro remembered bits of hideous legend.

Bătrânul Castro își amintea frânturi dintr-o legendă hidoasă.

His legends paled the speculations of theosophists.

Legendele sale au pălit speculațiile teosofilor.

His stories made man seem like a recent creation.

Poveștile lui îl făceau pe om să pară o creație recentă.

Even the world was transient in his account of things.

Chiar și lumea era trecătoare în relatarea lui despre lucruri.

There had been eons when other Things ruled on the earth.

Au existat eoni când alte Lucruri au stăpânit pământul.

And they had had great cities here on the earth.

Și ei avuseseră orașe mari aici, pe pământ.

The deathless Chinamen told him reserved secrets.

Chinezii nemuritori i-au spus secrete rezervate.

He had told him their ruins could still be found.

Îi spusese că ruinele lor încă mai pot fi găsite.

There were still Cyclopean stones on islands in the Pacific.

Pe insulele din Pacific încă se găseau pietre ciclopice.

They all died vast epochs of time before man came.

Toți au murit cu vaste epoci de timp înainte de apariția omului.

But there were knowledges and practices in ancients arts.

Dar existau cunoștințe și practici în artele antice.

Special rituals which could revive them again, in time.

Ritualuri speciale care i-ar putea reînvia, în timp.

In the cycle of eternity their return was inevitable.

În ciclul eternității, întoarcerea lor era inevitabilă.

When the stars come round again to the right positions
Când stelele se întorc din nou în pozițiile corecte
They had, indeed themselves come from the stars.
Într-adevăr, ei înșiși veniseră din stele.
"These great old ones," Castro continued.
„Aceștia mari și bătrâni", a continuat Castro.
They were not composed entirely of flesh and blood.
Nu erau compuși în întregime din carne și sânge.
They had shape," Castro insisted, confidently.
„Aveau formă", a insistat Castro, cu încredere.
And he had strange proof for what he believed.
Și avea dovezi ciudate pentru ceea ce credea.
But the shape they took on was not made of matter.
Dar forma pe care au căpătat-o nu era făcută din materie.
When the stars were in their right positions.
Când stelele erau în pozițiile lor corecte.
Then they could plunge from one world to another.
Atunci puteau să se arunce dintr-o lume în alta.
Because they can move themselves through the sky.
Pentru că se pot mișca singuri prin cer.
But when the stars were wrong, they cannot live.
Dar când stelele greșesc, nu pot trăi.
And it is true that they no longer live like we do.
Și este adevărat că ei nu mai trăiesc ca noi.
But despite that, they never really die either.
Dar, în ciuda acestui fapt, nici ei nu mor niciodată cu adevărat.
They rest in stone houses in their great city of R'lyeh.
Se odihnesc în case de piatră în marele lor oraș R'lyeh.
They are preserved by the spells of mighty Cthulhu.
Sunt păstrați de vrăjile puternicului Cthulhu.
So there they lie, unaffected by the passing of time.
Așa că zac acolo, neafectați de trecerea timpului.
And they wait for another glorious resurrection.
Și ei așteaptă o altă înviere glorioasă.
When the stars and earth are ready for them again.
Când stelele și pământul vor fi din nou pregătite pentru ele.
But they are still dependent on an outside force.

Dar ei sunt încă dependenți de o forță externă.
A force from outside served to liberate their bodies.
O forță din afară a servit la eliberarea corpurilor lor.
The spells preserved them and kept them intact.
Vrăjile i-au păstrat și i-au menținut intacti.
But the spells also kept them from breaking free.
Dar vrăjile i-au împiedicat și să se elibereze.
So they could only lie awake in the dark and think.
Așa că nu puteau decât să stea treji în întuneric și să gândească.

***

In the meantime uncounted millions of years rolled by.
Între timp, au trecut nenumărate milioane de ani.
They knew all that was occurring in the universe.
Ei știau tot ce se întâmpla în univers.
Because their mode of speech was transmitted thought.
Pentru că modul lor de vorbire era transmis prin gândire.
Even now they were talking in their tombs.
Chiar și acum vorbeau în mormintele lor.
Then, after infinities of chaos, the first men came.
Apoi, după nenumărate serii de haos, au venit primii oameni.
The great old ones spoke to the sensitive among them.
Marii bătrâni le-au vorbit celor sensibili dintre ei.
They spoke to them by molding their dreams.
Le-au vorbit modelându-le visele.
Only that way could their language reach the fleshly minds of mammals.
Numai așa putea limba lor să ajungă la mintea carnală a mamiferelor.
Then, whispered Castro, those first men formed the cult.
Apoi, a șoptit Castro, acei primi oameni au format cultul.
They organized themselves around small idols.
S-au organizat în jurul unor mici idoli.
The small idols which the great ones had shown them.
Idolii mici pe care li-i arătaseră cei mari.

Idols brought from dim eras from dark stars.

Idoli aduși din epoci întunecate, din stele întunecate.

That cult would never die till the stars came right again.

Cultul acela nu avea să moară niciodată până când stelele nu se vor așeza din nou la locul potrivit.

The secret priests were going to take great Cthulhu from His tomb.

Preoții secreți urmau să-l ia pe marele Cthulhu din mormântul Său.

And they were going to revive His subjects.

Și aveau de gând să-i învie pe supușii Săi.

And then Cthulhu was going to resume His rule of earth.

Și apoi Cthulhu urma să-și reia domnia asupra pământului.

The right time was going to reveal itself quite clearly.

Momentul potrivit urma să se dezvăluie destul de clar.

At that time mankind will have become as the great old ones.

În acel moment, omenirea va fi devenit ca cei mari din vechime.

They will be free and wild and beyond good and evil.

Vor fi liberi și sălbatici și dincolo de bine și rău.

Laws and morals are going to be thrown aside.

Legile și morala vor fi date la o parte.

All men will be shouting and killing and reveling in joy.

Toți oamenii vor striga, vor ucide și se vor bucura.

Then the liberated old ones will teach them the new ways.

Atunci cei vechi eliberați îi vor învăța noile căi.

New ways to shout and kill and revel and enjoy.

Noi moduri de a striga, de a ucide, de a se bucura și de a se bucura.

And all the earth will flame with a holocaust of ecstasy and freedom.

Și tot pământul va arde de un holocaust al extazului și libertății.

Meanwhile the cult had to practice the appropriate rites.

Între timp, cultul trebuia să practice riturile corespunzătoare.

They had to keep alive the memory of those ancient ways.

Trebuiau să păstreze vie amintirea acelor obiceiuri străvechi.
And they had to shadow forth the prophecy of their return.
Şi au trebuit să umbrească profeţia întoarcerii lor.
In the elder time chosen men spoke with the entombed Old Ones.
În timpurile de demult, bărbaţi aleşi vorbeau cu Bătrânii înmormântaţi.
The entombed Old Ones spoke to them in their dreams.
Bătrânii înmormântaţi le-au vorbit în visele lor.
But then something disturbed their means of communication.
Dar apoi ceva le-a perturbat mijloacele de comunicare.
The great stone in the city R'lyeh had sunk beneath the waves.
Marea piatră din oraşul R'lyeh se scufundase sub valuri.
And the monoliths and sepulchers were beneath the waters.
Şi monoliţii şi mormintele erau sub ape.
Deep waters full of the one primal mystery.
Ape adânci pline de unicul mister primordial.
Waters through which not even thought can pass.
Ape prin care nici măcar gândul nu poate trece.
Water that cut off their spectral communication.
Apă care le-a întrerupt comunicarea spectrală.
But the memory of the rites and rituals never died.
Dar memoria riturilor şi ritualurilor nu a murit niciodată.
And high priests said that the city would rise again.
Şi marii preoţi au spus că oraşul se va ridica din nou.
When the stars were right Cthulhu was going to return.
Când stelele aveau dreptate, Cthulhu urma să se întoarcă.
The moldy black spirits of the earth will come out again.
Spiritele negre şi mucegăite ale pământului vor ieşi din nou la iveală.
Shadowy black spirits full of dim rumors.
Spirite negre şi întunecate, pline de zvonuri obscure.

***

The spirits collected in caverns beneath forgotten sea-
bottoms.

Spiritele se adunau în caverne sub funduri marine uitate.

But of those spirits old Castro dared not speak much.

Dar despre acele spirite, bătrânul Castro nu îndrăznea să
vorbească prea mult.

And he hurriedly cut himself off from the topic.

Și s-a întrerupt în grabă de la subiect.

No amount of persuasion could elicit more in this direction.

Nicio cantitate de convingere nu ar putea obține mai mult în
această direcție.

No subtlety could convince him to speak of those spirits.

Nicio subtilitate nu l-a putut convinge să vorbească despre
acele spirite.

The size of the old ones, too, he curiously declined to
mention.

Și dimensiunea celor vechi, a refuzat, în mod curios, să
menționeze.

And of the cult he spoke very little too.

Și despre cult a vorbit foarte puțin.

He thought the center lay amid the pathless deserts of
Arabia.

El credea că centrul se afla în mijlocul deșerturilor fără cărări
ale Arabiei.

There in Irem, the City of Pillars, dreams hidden and
untouched.

Acolo, în Irem, Orașul Stâlpilor, vise ascunse și neatinse.

This cult was not allied to the European witch-cult.

Acest cult nu era aliat cu cultul vrăjitoarelor europene.

And the cult was virtually unknown beyond its members.

Iar cultul era practic necunoscut dincolo de membrii săi.

No book had ever really hinted of their knowledge.

Nicio carte nu făcuse vreodată aluzie la cunoștințele lor.

Though the deathless Chinamen said the mad Arab Abdul
Alhazred came close.

Deși chinezii nemuritori au spus că nebunul arab Abdul
Alhazred a fost aproape.

**He said that there were double meanings in his
Necronomicon.**

El a spus că există dublă semnificație în Necronomiconul său.

The initiated were free to read it if they wanted to.

Inițiatii erau liberi să o citească dacă doreau.

And they should pay attention to one couplet in particular.

Și ar trebui să acorde atenție unui singur cuplet în special.

"That which is not dead can sleep for eternity,"

„Ceea ce nu este mort poate dormi în veșnicie”

"And with strange eons even death may die."

„Și cu eoni stranii chiar și moartea poate muri.”

Legrasse had been deeply impressed by what he heard.

Legrasse fusese profund impresionat de ceea ce auzise.

And he was not a little bewildered by the tale.

Și nu a fost deloc uluit de poveste.

He inquired in vain about the historic affiliations of the cult.

A întrebat în zadar despre afilierile istorice ale cultului.

**Castro, apparently, had told the truth about the oath of
secrecy.**

Se pare că Castro spusese adevărul despre jurământul de
păstrare a secretului.

**The authorities at Tulane University could not offer much
help either.**

Nici autoritățile de la Universitatea Tulane nu au putut oferi
prea mult ajutor.

**The were not able to shed no light upon neither cult, nor the
image.**

Nu au reușit să arunce nicio lumină nici asupra cultului, nici
asupra imaginii.

**And now the detective had come to the highest authorities in
the country.**

Și acum detectivul ajunsese la cele mai înalte autorități din
țară.

**And he heard none other than Professor Webb' tale in
Greenland.**

Și n-a auzit pe nimeni altul decât povestea profesorului Webb
în Groenlanda.

***

Legrasse's tale aroused feverish interest at the meeting.
Povestea lui Legrasse a stârnit un interes febril la întâlnire.
The story was not only significant in its implications.
Povestea nu a fost semnificativă doar prin implicațiile sale.
But the story was also corroborated by the statuette.
Dar povestea a fost coroborată și de statuetă.
The excitement echoed in the subsequent correspondence.
Entuziasmul a ecou în corespondența ulterioară.
Those who attended stayed in close contact with each other.
Cei care au participat au rămas în strânsă legătură unii cu alții.
Although scant mention occurs in the formal publications.
Deși apare puține mențiuni în publicațiile oficiale.
Caution is the first care of those accustomed to charlatanry.
Prudența este prima grijă a celor obișnuiți cu șarlatania.
Impostures are kept out as much as it is possible.
Imposturile sunt ținute la distanță pe cât posibil.
Legrasse for some time lent the image to Professor Webb.
Legrasse i-a împrumutat o vreme imaginea profesorului Webb.
But at the latter's death the image was returned to him.
Dar la moartea acestuia din urmă, imaginea i-a fost înapoiată.
And the image remains in Legrasse's possession.
Și imaginea rămâne în posesia lui Legrasse.
This is where I viewed the terrible image not long ago.
Aici am văzut imaginea teribilă nu de mult timp.
The image is unmistakably akin to Wilcox' dream-sculpture.
Imaginea este, fără îndoială, asemănătoare cu sculptura-vis a lui Wilcox.
It was no wonder my uncle was so excited by his tale.
Nu era de mirare că unchiul meu era atât de încântat de povestea lui.
And I'm not surprised he made the efforts he made.
Și nu mă mir că a depus eforturile pe care le-a depus.
He had heard everything Legrasse knew of the cult.

Auzise tot ce știa Legrasse despre cult.

And the strange cultish dreams of a sensitive young man.

Și straniile vise cultuale ale unui tânăr sensibil.

The bas-relief just like the one from the swamp.

Basorelieful exact ca cel din mlaștină.

The addition of the devil tablet in Greenland.

Adăugarea tabletei diavolului în Groenlanda.

The exact same words used in three remote occurrences.

Exact aceleași cuvinte folosite în trei întâmplări îndepărtate.

The Eskimo diabolists, the mongrels in Louisiana, and then Wilcox.

Diaboliștii eschimoși, corciturile din Louisiana și apoi Wilcox.

What other conclusion could one possibly have come to?

La ce altă concluzie s-ar fi putut ajunge?

It's only natural Professor Angel pursued this conclusion.

E firesc ca profesorul Angel să fi ajuns la această concluzie.

And I wouldn't have expected him to be less thorough.

Și nu m-aș fi așteptat să fie mai puțin minuțios.

My great-uncle was a man of principled academic rigor.

Străunchiul meu a fost un om cu o rigoare academică principială.

Though privately I also had other plausible theories.

Deși, în sinea mea, aveam și alte teorii plauzibile.

I suspected young Wilcox of having heard of the cult.

Îl bănuiam pe tânărul Wilcox că auzise de cult.

Maybe he had heard of the cult in some indirect way.

Poate că auzise de cult într-un mod indirect.

He could easily have invented a series of dreams.

Ar fi putut cu ușurință să inventeze o serie de vise.

That way he could heighten and continue the mystery.

În felul acesta, putea intensifica și continua misterul.

The dream-narratives and cuttings collected did of course corroborate.

Narațiunile viselor și decupajele adunate au confirmat, desigur, acest lucru.

But the rationalism of my mind had not yet been satisfied.

Dar raționalismul minții mele nu fusese încă satisfăcut.

Coincidences can form highly believable illusions too.

Coincidențele pot forma și iluzii extrem de credibile.

And we have to bear in mind the extravagance of the whole subject.

Și trebuie să ținem cont de extravaganța întregului subiect.

So I was led to adopt what I thought the most sensible conclusions.

Așa că am fost determinat să adopt ceea ce consideram a fi cele mai înțelepte concluzii.

I thoroughly studied the manuscript from the beginning.

Am studiat temeinic manuscrisul de la început.

And I correlated the theosophical and anthropological notes.

Și am corelat notele teosofice cu cele antropologice.

I compared the literature with the cult narrative of Legrasse.

Am comparat literatura cu narațiunea cultă a lui Legrasse.

I made a trip to Providence to see the sculptor.

Am făcut o excursie la Providence ca să-l văd pe sculptor.

And I intended to give him the rebuke I thought proper.

Și am intenționat să-i dau mustrarea pe care am considerat-o potrivită.

There must be consequences, I felt, for the trick he played.

Trebuie să existe consecințe, simțeam eu, pentru farsa pe care a făcut-o.

He had boldly imposed himself upon a learned and aged man.

Se impusese cu îndrăzneală unui om învățat și în vârstă.

***

Wilcox still lived alone where my uncle had met him.

Wilcox încă locuia singur acolo unde îl întâlnise unchiul meu.

In the Fleur-de-Lys Building in Thomas Street.

În clădirea Fleur-de-Lys de pe strada Thomas.

A hideous Victorian imitation of Seventeenth Century Breton architecture.

O imitație victoriană hidoasă a arhitecturii bretone din secolul al XVII-lea.

The building flaunted its stuccoed front amidst its
surroundings.
Clădirea îşi etala faţada stucată în mijlocul împrejurimilor.
There were lovely Colonial houses on the ancient hill.
Pe dealul vechi se aflau case coloniale frumoase.
And the house stood under the shadow of the finest
Georgian steeple in America.
Şi casa se afla la umbra celei mai frumoase turle georgiene din
America.
I found him at work in his rooms, among his sculptures.
L-am găsit lucrând în camerele sale, printre sculpturile sale.
The specimens scattered came from a very unique mind.
Specimenele împrăştiate proveneau dintr-o minte cu totul
specială.
At once I conceded that his genius is indeed profound and
authentic.
Am recunoscut imediat că geniul său este într-adevăr profund
şi autentic.
He has crystallized in clay that which Arthur Machen evokes
in prose.
El a cristalizat în lut ceea ce Arthur Machen evocă în proză.
He mirrored in marble the nightmares Clark Ashton Smith
put to canvas.
El a oglindit în marmură coşmarurile pe care Clark Ashton
Smith le-a pictat pe pânză.
He will, I believe, be spoken of one day as one of the great
decadents.
Cred că într-o zi se va vorbi despre el ca despre unul dintre
marii decadenţi.
He was dark, frail, and somewhat unkempt in aspect.
Era brunet, fragil şi oarecum neîngrijit la înfăţişare.
He turned languidly at my knock on his door.
S-a întors languros când am bătut la uşă.
He didn't rise from his seat when I came in.
Nu s-a ridicat de pe scaun când am intrat.
And he asked me what the purpose of my visit was.
Şi m-a întrebat care a fost scopul vizitei mele.

When I told him who I was his interest was piqued.
Când i-am spus cine sunt, i-a stârnit interesul.
My uncle had excited his curiosity by probing his strange dreams.
Unchiul meu îi stârnise curiozitatea investigându-i visele ciudate.
Although he had never explained the reason for the study.
Deși nu explicase niciodată motivul studiului.
I did not enlarge his knowledge in this regard.
Nu i-am extins cunoștințele în această privință.
But I sought with some subtlety to gain his confidence.
Dar am căutat cu oarecare subtilitate să-i câștig încrederea.
In a short time I became convinced of his absolute sincerity.
În scurt timp m-am convins de sinceritatea lui absolută.
He spoke of the dreams in a manner none could mistake.
A vorbit despre vise într-un mod pe care nimeni nu l-ar putea confunda.
His dreams' subconscious residuum had influenced his art profoundly.
Reziduurile subconștiente ale viselor sale i-au influențat profund arta.
He showed me a morbid statue of the likes I had never seen before.
Mi-a arătat o statuie morbidă cum nu mai văzusem niciodată.
The statue's contours almost made me shake with fear.
Contururile statuii aproape că m-au făcut să tremur de frică.
The potency of the statue's black suggestion was overbearing.
Puterea sugestiei negre a statuii era copleșitoare.
He could not recall having seen the original of this thing.
Nu-și amintea să fi văzut originalul acestui lucru.
But the statue was inspired by his own dream bas-relief.
Dar statuia a fost inspirată de propriul său basorelief din vis.
The outlines had formed themselves insensibly under his hands.
Contururile se conturaseră pe nesimțite sub mâinile sale.

It was, no doubt, the giant shape he had raved of in delirium.

Era, fără îndoială, silueta gigantică despre care delirase.

That he really knew nothing of the hidden cult he soon made clear.

A lămurit curând că nu știa nimic despre cultul ascuns.

Only my uncle's relentless catechism had given him some clues.

Doar catehismul neobosit al unchiului meu îi oferise niște indicii,

And again I strove to explain the obvious conclusions away.

Și din nou m-am străduit să explic concluziile evidente.

How he could possibly have received the weird impressions?

Cum a putut să primească impresiile acelea ciudate?

He talked of his dreams in a strangely poetic fashion.

A vorbit despre visele sale într-un mod ciudat de poetic.

He made me see with terrible vividness the vistas of his dream.

M-a făcut să văd cu o viziune teribilă priveliștile visului său.

The damp Cyclopean city of slimy green stone.

Orașul ciclopic umed, din piatră verde și lubrică.

The geometry he oddly said, was all wrong.

Geometria, în mod ciudat, a spus-o, era complet greșită.

And he spoke of what he heard with frightened expectancy.

Și a vorbit despre ceea ce auzise cu o așteptare înspăimântată.

The ceaseless, half-mental calling from underground:

Chemarea neîncetată, pe jumătate mentală, din subteran:

"Cthulhu fhtagn... Cthulhu fhtagn"

„Cthulhu fhtagn... Cthulhu fhtagn"

These words had formed part of that dreaded ritual.

Aceste cuvinte făcuseră parte din acel ritual înfricoșător.

The ritual the told of dead Cthulhu's dream-vigil.

Ritualul povestea despre veghea în vis a mortului Cthulhu.

The ritual that told of his stone vault at R'lyeh.

Ritualul care povestea despre cripta sa de piatră de la R'lyeh.

And I felt deeply moved, despite my rational beliefs.

Și m-am simțit profund mișcat, în ciuda convingerilor mele raționale.

Wilcox, I was sure, had heard of the cult in some casual way.

Eram sigur că Wilcox auzise de cult cumva.

He spent his time in a mass of equally weird literature.

Și-a petrecut timpul citind o mulțime de literatură la fel de ciudată.

He must have forgotten the source of his knowledge.

Trebuie să fi uitat sursa cunoștințelor sale.

Later the cult had found subconscious expression in his dreams.

Mai târziu, cultul și-a găsit o expresie subconștientă în visele sale.

But this is natural when stories are so impressive.

Dar acest lucru este firesc când poveștile sunt atât de impresionante.

Finally the cult's ideas manifested themselves in the bas-relief.

În cele din urmă, ideile cultului s-au manifestat în basorelief.

And now the subject of the cult manifested itself in the terrible statue.

Și acum subiectul cultului se manifesta în teribila statuie.

I was convinced his imposture upon my uncle had been very innocent.

Eram convins că impostura lui asupra unchiului meu fusese foarte inocentă.

He both slightly affected, and slightly ill-mannered.

Era atât ușor afectat, cât și puțin nechibzuit.

He had a disposition which I could never like.

Avea o fire care nu mi-ar putea plăcea niciodată.

But I was willing enough now to admit his genius.

Dar eram suficient de dispus acum să-i recunosc geniul.

And I have no way of denying his honesty either.

Și n-am cum să-i neg sinceritatea.

Despite my initial feelings, I took leave of him amicably.

În ciuda sentimentelor mele inițiale, mi-am luat rămas bun de la el pe cale amiabilă.

And I wish him all the success his talent promises.
Și îi urez tot succesul pe care îl promite talentul său.

***

The matter of the cult continued to fascinate me.
Chestiunea cultului a continuat să mă fascineze.
At times I had visions of the personal fame I could attain.
Uneori aveam viziuni despre faima personală pe care aș
putea-o atinge.
I visited New Orleans and talked with Legrasse.
Am vizitat New Orleans și am vorbit cu Legrasse.
And I spoke with other policemen of that swamp raid.
Și am vorbit cu alți polițiști despre raidul din mlaștină.
I saw the frightful image with my own eyes.
Am văzut imaginea înfricoșătoare cu propriii mei ochi.
**And I even questioned some of the surviving mongrel
prisoners.**
Și chiar i-am interogat pe unii dintre prizonierii corcituri
supraviețuitori.
Old Castro, unfortunately, had been dead for some years.
Din păcate, bătrânul Castro era mort de câțiva ani.
**What I now heard so graphically at first hand excited me
afresh.**
Ceea ce auzeam acum atât de clar, direct, m-a entuziasmat din
nou.
Though it was really no more than a detailed confirmation.
Deși nu a fost, de fapt, nimic mai mult decât o confirmare
detaliată.
What they told me I had already read in my uncle's notes.
Ceea ce mi-au spus citisem deja în notițele unchiului meu.
I felt sure that I was on the track of a very real secret.
Eram sigur că sunt pe urmele unui secret foarte real.
**And I was sure I was going to discover a very ancient
religion.**
Și eram sigur că aveam să descopăr o religie foarte străveche.
The discovery would make me an anthropologist of note.

Descoperirea m-ar face un antropolog de renume.

My attitude was still one of absolute rational materialism.

Atitudinea mea era încă una de materialism rațional absolut.

And I wish my attitude to the subject matter had not changed.

Și mi-aș dori să nu mi se fi schimbat atitudinea față de acest subiect.

I discounted with almost inexplicable perversity the coincidences.

Am ignorat cu o perversitate aproape inexplicabilă coincidențele.

The dream notes and odd cuttings collected by Professor Angell.

Notițele de vis și decupajele ciudate adunate de profesorul Angell.

One thing I began to doubt was the cause of my uncle's death.

Un lucru de care am început să mă îndoiesc a fost cauza morții unchiului meu.

I began to suspect his death was far from natural.

Am început să bănuiesc că moartea lui a fost departe de a fi naturală.

And I now fear I know my uncle's death was not natural.

Și acum mă tem că știu că moartea unchiului meu nu a fost naturală.

It was on a narrow hill street where he fell.

A căzut pe o stradă îngustă de deal.

The street lead up from the ancient waterfront.

Strada ducea în sus de la vechiul mal al apei.

The port-town swarms with foreign mongrels.

Orașul portuar mișună de corcituri străine.

He fell after a careless push from a negro sailor.

A căzut după o împingere neglijentă a unui marinar negru.

I had not forgotten the mixed blood of the cult-members in Louisiana.

Nu uitasem sângele mixt al membrilor cultului din Louisiana.

I had not forgotten the sailors in the voodoo orgy.

Nu-i uitasem pe marinarii din orgia voodoo.
And would not be surprised to learn that they had other knowledge too.
Și nu ar fi surprins să afle că aveau și alte cunoștințe.
Secret methods as anciently known as the cryptic rites.
Metode secrete, cunoscute în vechime sub numele de rituri criptice.
Poison needles as ruthless their demonic beliefs.
Ace otrăvite la fel de nemiloase ca și credințele lor demonice.
Legrasse and his men, it is true, have been let alone.
Legrasse și oamenii lui, este adevărat, au fost lăsați în pace.
But in Norway a certain seaman who saw things is dead.
Dar în Norvegia, un anumit marinar care a văzut lucruri este mort.
Might not sinister ears have picked up my uncle's interest in the sculptor?
N-ar fi putut niște urechi sinistre să atragă interesul unchiului meu pentru sculptor?
Might not the deeper inquiries of my uncle have drawn someone's attention?
Nu ar fi putut oare întrebările mai profunde ale unchiului meu să atragă atenția cuiva?
I think Professor Angell died because he knew too much.
Cred că profesorul Angell a murit pentru că știa prea multe.
Or he died because he was likely to learn too much.
Sau a murit pentru că era probabil să învețe prea multe.
Whether I shall go out as he did remains to be seen.
Rămâne de văzut dacă voi ieși așa cum a făcut el.
Because I too have learned much about Cthulhu.
Pentru că și eu am învățat multe despre Cthulhu.

The Madness from the Sea
Nebunia din mare

There is one great boon heaven could grant me.
Există un mare binecuvântare pe care mi-l poate acorda cerul.
The total effacing of the results of a mere chance.
Ștergerea totală a rezultatelor din simpla întâmplare.
I wish I had never seen that stray piece of paper.
Aș fi vrut să nu fi văzut niciodată bucata aceea de hârtie rătăcită.
My daily routine would normally not have taken me there.
Rutina mea zilnică nu m-ar fi dus în mod normal acolo.
On any other day I would not have noticed anything.
În orice altă zi n-aș fi observat nimic.
It was an old number of an Australian journal.
Era un număr vechi al unei reviste australiene.
The Sydney Bulletin for April 18, 1925
Buletinul din Sydney din 18 aprilie 1925
The paper had even slipped past the cutting bureau.
Hârtia scăpase chiar și pe lângă biroul de tăiere.
I had largely given over my inquiries to a friend.
Îmi încredințasem în mare parte întrebările unui prieten.
He had taken on the work of most of the research.
El își asumase cea mai mare parte a cercetării.
He had come to refer to the group as the "Cthulhu Cult".
El ajunsese să se refere la grup drept „Cultul Cthulhu”.
I was visiting my learned friend of Paterson, New Jersey.
Îl vizitam pe învățatul meu prieten din Paterson, New Jersey.
The curator of a local museum, and a mineralogist of note.
Curatorul unui muzeu local și un mineralog renumit.
While at his museum I had access to the reserved specimens.
În timp ce mă aflam la muzeul său, am avut acces la specimenele rezervate.
And this is when an odd picture caught my attention.
Și atunci o imagine ciudată mi-a atras atenția.
Beneath one of the stones was the Sydney Bulletin I mentioned.

Sub una dintre pietre se afla Buletinul Sydney despre care am menționat.

My friend has wide affiliations in all conceivable foreign lands.

Prietenul meu are afilieri extinse în toate țările străine imaginabile.

The picture was a half-tone cut of a hideous stone image.

Tabloul era o decupare în semitonuri a unei imagini hidoase din piatră.

Almost identical with the stone Legrasse had found in the swamp.

Aproape identică cu piatra pe care Legrasse o găsise în mlaștină.

Eagerly I read the article for its precious contents.

Am citit articolul cu nerăbdare pentru conținutul său prețios.

But I was disappointed to find that it was just a short article.

Dar am fost dezamăgit să constat că era doar un articol scurt.

Although brief, the information was of portentous significance.

Deși scurte, informațiile au fost de o importanță deosebită.

***

"MYSTERY DERELICT FOUND AT SEA"
„MISTEROSĂ RUINĂ DESCOPERITĂ PE MARE"

Vigilant Arrives With Helpless Armed New Zealand Yacht in Tow.

Vigilant sosește cu un iaht neozeelandez înarmat și neajutorat în remorcă.

One Survivor and one Dead Man Found Aboard.

Un supraviețuitor și un mort au fost găsiți la bord.

Tale of Desperate Battle and Deaths at Sea.

Poveste despre o bătălie disperată și morți pe mare.

Rescued Seaman Refuses Particulars of Strange Experience.

Marinarul salvat refuză să povestească despre o experiență stranie.

Odd Idol Found in His Possession, Inquiry to Follow.
Idol ciudat găsit în posesia sa, urmează ancheta.
The Alert of Dunedin yacht, N.Z., had been disabled in battle.
Iahtul Alert of Dunedin, din Noua Zeelandă, fusese scos din luptă.
Previously the ship had left from Valparaiso on March 25th.
Anterior, nava plecase din Valparaiso pe 25 martie.
On April 2nd the ship was driven considerably south of her course.
Pe 2 aprilie, nava a fost împinsă considerabil la sud de cursul său.
Exceptionally heavy storms had redirected the ship.
Furtunile excepțional de puternice redirecționaseră nava.
Monster waves forced the ship to take a different route.
Valuri monstruoase au forțat nava să ia o rută diferită.
On April 12th the ship was sighted by another ship.
Pe 12 aprilie, nava a fost observată de o altă navă.
Latitude 34° 21', Longitude 152° 17'
Latitudine 34° 21', Longitudine 152° 17'
Initially they thought the ship had been deserted.
Inițial au crezut că nava fusese părăsită.
But one still living man had been found on board.
Dar la bord fusese găsit un bărbat încă în viață.
This lone survivor was in a half-delirious condition.
Singurul supraviețuitor era într-o stare pe jumătate delirantă.
The only other victim found was a man already dead a week.
Singura altă victimă găsită a fost un bărbat deja mort de o săptămână.
Now the heavily armed steam yacht was being towed.
Acum iahtul cu aburi puternic înarmat era remorcat.
And this morning the ship was coming in to its wharf.
Și în această dimineață nava se apropia de debarcader.
The living man was clutching a horrible stone idol.
Omul viu strângea în mână un oribil idol de piatră.
The stone idol was about a foot in height.
Idolul de piatră avea aproximativ un picior înălțime.

And the origins of the stone were completely unknown.
Și originile pietrei erau complet necunoscute.
Authorities at Sydney university were baffled.
Autoritățile de la Universitatea din Sydney au fost
nedumerite.
The Royal Society couldn't offer information about the idol.
Societatea Regală nu a putut oferi informații despre idol.
And the Museum in College street had no insights either.
Și nici Muzeul de pe strada College nu a avut perspective.
**The survivor says he found the stone in the cabin of the
yacht.**
Supraviețuitorul spune că a găsit piatra în cabina iahtului.
Allegedly the idol was in a small carved shrine.
Se presupune că idolul se afla într-un mic altar sculptat.
And the carvings of the shrine were of common pattern.
Și sculpturile altarului aveau un model comun.
This man eventually recovered back to his senses.
În cele din urmă, acest bărbat și-a revenit.
**And he told an exceedingly strange story of piracy and
slaughter.**
Și a povestit o poveste extrem de ciudată despre piraterie și
măcel.
He is Gustaf Johansen, a Norwegian of some intelligence.
El este Gustaf Johansen, un norvegian cu o oarecare
inteligență.
**And he had been second mate of the two-masted schooner
Emma of Auckland.**
Și fusese secund pe goleta cu două catarge Emma din
Auckland.
**The ship sailed for Callao February 20th, manned by eleven
sailors.**
Nava a plecat spre Callao pe 20 februarie, având în echipaj
unsprezece marinari.
**The ship, he says, was delayed and thrown widely south of
her course.**
Nava, spune el, a fost întârziată și aruncată mult spre sud de
cursul său.

There was a great storm on March 1st, and on March 22nd.
A fost o furtună puternică pe 1 martie și pe 22 martie.
On their journey they encountered another ship.
În călătoria lor, au întâlnit o altă corabie.
This was in S. Latitude 49° 51′, W. Longitude 128° 34′
Aceasta a fost la latitudinea sudică 49° 51′ și longitudinea
vestică 128° 34′
This ship was manned by a queer and evil-looking crew.
Această navă era condusă de un echipaj ciudat și cu o
înfățișare malefică.
All the men were of Kanakas and half-castes.
Toți bărbații erau kanaka și metiși.
**Being ordered peremptorily to turn back, Capt. Collins
refused.**
Fiind obligat peremptoriu să se întoarcă, căpitanul Collins a
refuzat.
**Without warning the strange crew began to shoot savagely
upon the schooner.**
Fără avertisment, ciudatul echipaj a început să tragă cu
sălbăticie asupra goeletei.
They shot a peculiarly heavy battery of brass cannon.
Au tras cu o baterie deosebit de grea de tunuri de alamă.
**The men from his ship showed fighting spirit, says the
survivor.**
Bărbații de pe nava sa au dat dovadă de spirit de luptă, spune
supraviețuitorul.
**The schooner began to sink from shots beneath the
waterline.**
Goleta a început să se scufunde din cauza împușcăturilor de
sub linia de plutire.
**But they managed to heave alongside their enemy boat, and
board her.**
Dar au reușit să se apropie de barca inamică și să o abordeze.
They grappled with the savage crew on the yacht's deck.
S-au luptat cu echipajul sălbatic de pe puntea iahtului.
Their mode of fighting seemed to be strangely clumsy.
Modul lor de luptă părea ciudat de stângaci.

But defeat did not seem to be an option for these savage men.

Dar înfrângerea nu părea a fi o opțiune pentru acești oameni sălbatici.

They had a particularly abhorrent and desperate way of fighting.

Aveau un mod de luptă deosebit de oribil și disperat.

So they had no choice but to kill all men of the enemy ship.

Așa că nu au avut de ales decât să-i ucidă pe toți oamenii de pe nava inamică.

Three of their men were also killed in the fight.

Trei dintre oamenii lor au fost, de asemenea, uciși în luptă.

Capt. Collins and First Mate Green were among the dead.

Căpitanul Collins și primul ofițer Green s-au numărat printre morți.

Second Mate Johansen took over control from First Mate Green.

Secundul Johansen a preluat controlul de la primul Green.

And the remaining eight men proceeded to navigate the captured yacht.

Și ceilalți opt bărbați au început să navigheze iahtul capturat.

They proceeded to continue in the original direction they were going.

Au continuat să meargă în direcția inițială în care mergeau.

To see if there had been any reason they were ordered to turn around.

Pentru a vedea dacă existase vreun motiv pentru care li s-a ordonat să se întoarcă.

***

The next day, it appears, they landed on a small island.

Se pare că a doua zi au debarcat pe o insulă mică.

Although no island is known to exist in that part of the ocean.

Deși nu se cunoaște existența vreunei insule în acea parte a oceanului.

Six of the men somehow died ashore while on the island.

Șase dintre bărbați au murit cumva pe țărm în timp ce se aflau pe insulă.

Though Johansen is queerly reticent about this part of his story.

Deși Johansen este ciudat de reticent în privința acestei părți a poveștii sale.

And he speaks only of their falling into a rock chasm.

Și el vorbește doar despre căderea lor într-o prăpastie.

Later, it seems, he and one companion boarded the yacht.

Mai târziu, se pare, el și un însoțitor s-au îmbarcat pe iaht.

Together they tried to sail the ship, undermanned.

Împreună au încercat să navigheze nava, cu echipaj insuficient.

But they were beaten about by the storm of April 2nd.

Dar au fost bătuți în bătaie de furtuna din 2 aprilie.

From that time till his rescue on the 12th, the man remembers little.

Din acel moment și până la salvarea sa pe 12, bărbatul își amintește puține lucruri.

And he does not even recall when William Briden, his companion, died.

Și nici măcar nu-și amintește când a murit William Briden, tovarășul său.

Autopsy could reveal no obvious cause to Briden's death.

Autopsia nu a putut dezvălui nicio cauză evidentă a morții lui Briden.

The most likely cause of death is exposure to the elements.

Cea mai probabilă cauză a decesului este expunerea la intemperii.

The Dunedin reported that their boat, the Alert, was well known.

Dunedinul a raportat că barca lor, Alert, era bine cunoscută.

The island traders bore an evil reputation along the waterfront.

Negustorii insulari purtau o reputație rea de-a lungul malului apei.

The ship was owned by a curious group of half-castes.

Nava era deținută de un grup curios de metiși.

Frequent meetings and night trips to the woods attracted curiosity.

Întâlnirile frecvente și excursiile nocturne în pădure au stârnit curiozitatea.

The ship had set sail in great haste on March 1st.

Nava plecase în mare grabă pe 1 martie.

Just after the storm, and the earth tremors that night.

Imediat după furtună și cutremurele din noaptea aceea.

Our Auckland correspondent gives the Emma excellent reputation.

Corespondentul nostru din Auckland îi conferă Emmei o reputație excelentă.

The Crew from the Emma were held very in high regard.

Echipajul de pe Emma era ținut la mare stimă.

And Johansen is described as a sober and worthy man.

Iar Johansen este descris ca un om sobru și demn.

The admiralty will institute an inquiry on the whole matter.

Amiralitatea va iniția o anchetă asupra întregii chestiuni.

Starting tomorrow they will collect all relevant information.

Începând de mâine vor colecta toate informațiile relevante.

Every effort will be made to induce Johansen to speak.

Se vor depune toate eforturile pentru a-l determina pe Johansen să vorbească.

This and the hellish image were all the information I had to go on.

Asta și imaginea infernală erau toate informațiile pe care le aveam ca să continui.

But what a train of ideas that little information started in my mind!

Dar ce șir de idei a stârnit acea mică informație în mintea mea!

Here were new treasuries of data on the Cthulhu Cult.

Aici se aflau noi comori de date despre Cultul Cthulhu.

The cult not only had interests on land.

Cultul nu avea interese doar asupra terenurilor.

Now there was evidence they also had connections to the sea.

Acum existau dovezi că aveau legături și cu marea.

What motive prompted the hybrid crew to order back the Emma?

Ce motiv a determinat echipajul navei hibride să comande returnarea navei Emma?

Why did they sail about with their hideous idol?

De ce au navigat cu idolul lor hidos?

What was the unknown island on which six of the Emma's crew had died?

Care era insula necunoscută pe care muriseră șase membri ai echipajului Emmei?

And why was Johansen so secretive about their death?

Și de ce a fost Johansen atât de secretos în legătură cu moartea lor?

What had the vice-admiralty's investigation brought out?

Ce a scos la iveală ancheta viceamiralității?

And what was known of the noxious cult in Dunedin?

Și ce se știa despre cultul nociv din Dunedin?

Nor could one help but marvel at the timing of the events.

Nici nu putea cineva să nu se minuneze de momentul în care s-au produs evenimentele.

There was a deep and more than natural linkage between the dates.

Exista o legătură profundă și mai mult decât naturală între date.

A malign and now undeniable significance to the various turns of events.

O semnificație malignă și acum incontestabilă a diverselor evoluții ale evenimentelor.

***

My uncle had noted with great care the connecting events.

Unchiul meu notase cu mare atenție evenimentele care le legau.

On March 1st the earthquake and storm had come.
Pe 1 martie au venit cutremurul și furtuna.
February 28th, according to the International Date Line.
28 februarie, conform Liniei Internaționale de Date.
From Dunedin the noisome crew of the Alert darted eagerly forth.
Din Dunedin, echipajul gălăgios al navei Alert a pornit nerăbdător înainte.
They moved as if they had been imperiously summoned.
Se mișcau ca și cum ar fi fost chemați imperios.
On the other side of the earth the other events unfolded.
Pe cealaltă parte a Pământului s-au desfășurat celelalte evenimente.
Poets and artists had begun to have their strange dreams.
Poeții și artiștii începuseră să aibă visele lor ciudate.
Dreams of a dank Cyclopean city from times long gone.
Vise despre un oraș ciclopic umed din vremuri demult apuse.
A young sculptor was persuaded by these dreams too.
Și un tânăr sculptor a fost convins de aceste vise.
In his sleep he molded the form of the dreaded Cthulhu.
În somn, a modelat forma temutului Cthulhu.
On March 23rd the crew of the Emma landed on an unknown island.
Pe 23 martie, echipajul navei Emma a debarcat pe o insulă necunoscută.
There on that island they left six men dead.
Acolo, pe insula aceea, au lăsat șase oameni morți.
On that date the dreams of sensitive men assumed a heightened vividness.
La acea dată, visele bărbaților sensibili căpătau o viziune sporită.
Their dreams darkened with dread of a giant monster's malign pursuit.
Visele li s-au întunecat de teama urmăririi maligne a unui monstru uriaș.
One architect went mad from his dreams that night.
Un arhitect a înnebunit din cauza viselor sale în acea noapte.

And a sculptor had lapsed suddenly into delirium!
Și un sculptor intrase brusc în delir!
And then there was the storm of April 2nd.
Și apoi a fost furtuna din 2 aprilie.
The date on which all dreams of the dank city ceased.
Data la care toate visele despre orașul umed au încetat.
Wilcox emerged unharmed from the bondage of strange fever.
Wilcox a ieșit teafăr din robia unei febre ciudate.
And everything appeared to be normal again.
Și totul părea să fie din nou normal.
But what about the hints old Castro had suggested?
Dar cum rămâne cu indiciile pe care le sugerase bătrânul Castro?
What about the sunken, star-born old ones?
Dar ce se întâmplă cu cei bătrâni, scufundați, născuți din stele?
What about their promised return and coming reign?
Dar ce se întâmplă cu promisa lor întoarcere și viitoarea lor domnie?
What about their faithful cult and their mastery of dreams?
Dar ce se întâmplă cu cultul lor fidel și cu stăpânirea lor asupra viselor?
Was I tottering on the brink of cosmic horrors?
Mă clătinam oare în pragul ororilor cosmice?
Cosmic horrors far beyond man's power to bear?
Orori cosmice mult dincolo de puterea omului de a le suporta?
If so, they must be horrors of the mind alone.
Dacă este așa, trebuie să fie doar orori ale minții.
On the second of April there was sudden coordinated calm.
Pe 2 aprilie s-a instalat brusc o calmă coordonată.
The monstrous menace that sieged mankind's soul had vanished.
Monstruoasa amenințare care asedia sufletul omenirii dispăruse.
That evening I made all necessary arrangements for onwards travel.

În seara aceea am făcut toate aranjamentele necesare pentru călătoria următoare.

I bade my host adieu and took a train for San Francisco.

Mi-am luat rămas bun de la gazdă și am luat un tren spre San Francisco.

***

In less than a month I was at the port of Dunedin.

În mai puțin de o lună am ajuns în portul Dunedin.

Here, however, my investigation stumbled slightly.

Aici, însă, ancheta mea a dat puțin greș.

I inquired in the old sea taverns where the men had lingered.

Am întrebat în vechile taverne maritime unde zăboviseră oamenii.

But little was known of the strange cult members.

Dar se știau puține lucruri despre ciudații membri ai cultului.

Waterfront scum was far too common for special mention.

Sângele de pe malul apei erau mult prea comune pentru a fi menționate în mod special.

But there was vague talk about one inland trip these mongrels had made.

Dar se vorbeau vagi despre o călătorie în interiorul țării pe care o făcuseră acești corcituri.

Faint drumming and red flames were noted on the distant hills.

Pe dealurile îndepărtate se zvăzeau tobe slabe și flăcări roșii.

In Auckland I learned only a little more of Johansen.

În Auckland am aflat doar puțin mai mult despre Johansen.

He had been taken to Sydney for the investigation.

El fusese dus la Sydney pentru anchetă.

A perfunctory and inconclusive questioning turned his hair white.

O interogatorie superficială și neconcludentă i-a făcut părul alb.

Thereafter he sold his cottage in West Street.

După aceea, și-a vândut căsuța de pe West Street.

And he sailed with his wife to his old home in Oslo.

Și a navigat cu soția sa spre vechea sa casă din Oslo.

His experience had clearly stirred him deeply.

Experiența lui îl emoționase profund, în mod evident.

But he told his friends no more than he had told the admiralty officials.

Dar nu le-a spus prietenilor săi mai mult decât le spusese oficialilor amiralității.

And all they could do was to give me his Oslo address.

Și tot ce au putut face a fost să-mi dea adresa lui din Oslo.

After that I went to Sydney and talked profitlessly with seamen.

După aceea, m-am dus la Sydney și am vorbit fără folos cu marinarii.

Members of the vice-admiralty court could not enlighten me either.

Nici membrii curții viceamiralității nu m-au putut lămuri.

I tracked the Alert down to Circular Quay in Sydney Cove.

Am urmărit Alerta până la Circular Quay în Sydney Cove.

The ship had been sold and was again in commercial use.

Nava fusese vândută și era din nou în uz comercial.

But I could gain no further clues from the ship's cargo.

Dar nu am putut obține alte indicii din încărcătura navei.

The image was preserved in the Museum at Hyde Park.

Imaginea a fost păstrată la Muzeul din Hyde Park.

The cuttlefish head, dragon body, and scaly wings.

Capul de sepie, corpul de dragon și aripile solzoase.

The monster crouching atop the hieroglyphed pedestal.

Monstrul ghemuit pe piedestalul inscripționat cu hieroglife.

I studied every detail of the idol long and well.

Am studiat îndelung și bine fiecare detaliu al idolului.

The relic was a thing of balefully exquisite workmanship.

Relicva era o lucrare de o măiestrie sinistră și rafinată.

I couldn't help but notice the similarity to Legrasse's smaller specimen.

Nu am putut să nu observ asemănarea cu specimenul mai mic al lui Legrasse.

Both idols had the same utter mystery and terrible antiquity.

Ambii idoli aveau același mister absolut și aceeași vechime teribilă.

And both idols had the same unearthly strangeness of material.

Și ambii idoli aveau aceeași stranietate nepământeană a materialului.

Geologists, the curator told me, had found it a monstrous puzzle.

Geologii, mi-a spus curatorul, au descoperit că este o enigmă monstruoasă.

They insisted that the world held no rock like this one.

Au insistat că lumea nu are nicio piatră ca aceasta.

Then I thought with a shudder of what old Castro had told Legrasse.

Apoi m-am gândit, cutremurându-mă, la ce-i spusese bătrânul Castro lui Legrasse.

The tale of the primal great ones, sunken under the sea.

Povestea marilor ființe primordiale, scufundați sub mare.

"They had come from the stars."

„Veniseră din stele.”

"They had brought their images with them."

„Aduseseră cu ei imaginile lor.”

I was shaken with a mental revolution as I had never before known.

Am fost zguduit de o revoluție mentală cum nu mai trăisem niciodată.

I was now completely resolved to visit Mate Johansen in Oslo.

Eram acum complet hotărât să-l vizitez pe Mate Johansen la Oslo.

Sailing for London, I re-embarked at once for the Norwegian capital.

Navigand spre Londra, m-am reîmbarcat imediat spre capitala Norvegiei.

And one autumn day I landed at the wharves.

Și într-o zi de toamnă am debarcat la cheiuri.

***

Johansen's hometown was in the shadow of the Egeberg.

Orașul natal al lui Johansen se afla la umbra Munților
Egeberg.

**I discovered he lived in the Old Town of King Harold
Haardrada.**

Am descoperit că locuia în Orașul Vechi al Regelui Harold
Haardrada.

**For centuries the greater city had masqueraded as
"Christiania".**

Timp de secole, orașul mai mare s-a deghizat în „Christiania”.

King Harald Hardrada kept alive the name of Oslo.

Regele Harald Hardrada a menținut viu numele orașului Oslo.

I made the brief trip to his residences by taxicab.

Am făcut scurta călătorie până la reședința lui cu taxiul.

A neat and ancient building with plastered front.

O clădire îngrijită și veche, cu fațadă tencuită.

And I knocked with palpitant heart at the door.

Și am bătut la ușă cu inima palpitând.

A sad-faced woman in black answered my summons.

O femeie cu fața tristă, îmbrăcată în negru, mi-a răspuns la
chemare.

I was stung with disappointment at the sight.

Am fost cuprins de dezamăgire la vederea acestei priveliști.

**She told me in halting English that Gustaf Johansen was no
more.**

Mi-a spus într-o engleză ezitantă că Gustaf Johansen nu mai
există.

He had not long survived his return, said his wife.

Nu supraviețuise mult întoarcerii sale, a spus soția sa.

The doings at sea in 1925 had broken him.

Faptele pe mare din 1925 îl zdrobiseră.

He had told her no more than he had told the public.

Nu-i spusese mai mult decât spusese publicului.
But he had left a long manuscript of "technical matters".
Dar lăsase în urmă un manuscris lung cu „chestiuni tehnice".
These notes of the voyage had been written in English.
Aceste însemnări ale călătoriei fuseseră scrise în engleză.
Evidently in order to safeguard her from the peril of casual perusal.
Evident, pentru a o proteja de pericolul unei citiri superficiale.
He had gone for a walk through a narrow lane near the Gothenburg dock.
Se plimbase pe o alee îngustă de lângă docul din Göteborg.
A bundle of papers falling from an attic window had knocked him down.
Un teanc de hârtii căzute de la fereastra mansardei îl doborâse.
Two Lascar sailors at once helped him to his feet.
Doi marinari Lascar l-au ajutat imediat să se ridice în picioare.
But before the ambulance could reach him he was dead.
Dar înainte ca ambulanța să poată ajunge la el, era deja mort.
The physicians found no adequate cause for his death.
Medicii nu au găsit nicio cauză întemeiată pentru moartea sa.
They mostly attributed his death to heart trouble.
În mare parte, au atribuit moartea sa unor probleme cardiace.
But they added his weakened constitution most likely contributed.
Dar au adăugat că, cel mai probabil, constituția sa slăbită a contribuit.
I now felt a deep gnawing at my vitals.
Simțeam acum o zvâcnire adâncă a organelor vitale.
A dark terror which will never leave me till I, too, am at rest.
O teroare întunecată care nu mă va părăsi până nu mă voi odihni și eu.
Whether my death will come "accidentally" or not I can't tell.
Dacă moartea mea va veni „accidental" sau nu, nu pot spune.
I spoke to the widow about her husband's work.
Am vorbit cu văduva despre munca soțului ei.
And I persuaded her I had a "technical" connection to him.
Și am convins-o că am o legătură „tehnică" cu el.

So she felt I was sufficiently entitled to the manuscript.
Așadar, ea a simțit că aveam dreptul la manuscris.
And so I attained the dead man's writing.
Și astfel am ajuns la scrisul mortului.
I began to read the documents on the boat to London.
Am început să citesc documentele pe vaporul spre Londra.
They were little more than simple, rambling notes.
Erau puțin mai mult decât niște simple notițe incoerente.
A naive sailor's effort at a post-facto diary.
Efortul unui marinar naiv de a scrie un jurnal post-facto.
He strove to recall that last awful voyage day by day.
Se străduia să-și amintească zi de zi de acea ultimă călătorie
îngrozitoare.
I cannot attempt to transcribe his notes verbatim.
Nu pot încerca să transcriu notițele sale ad literam.
The manuscript is clouded with vagueness and redundance.
Manuscrisul este încețoșat de vagitate și redundanță.
But I will tell the gist of what he wrote.
Dar voi spune esența a ceea ce a scris.
**Perhaps then you will understand why I stuffed my ears
with cotton.**
Poate atunci vei înțelege de ce mi-am îndopat urechile cu vată.
**The sound of the water against the vessel's sides became
unendurable.**
Sunetul apei pe bordurile vasului devenise insuportabil.

***

Johansen, thank God, did not quite know what he had seen.
Slavă Domnului, Johansen nu știa prea bine ce văzuse.
But it is evident he had seen the city and the Thing.
Dar este evident că văzuse orașul și Lucrul.
I shall never sleep calmly again when I think of the horrors.
Nu voi mai dormi niciodată liniștit când mă voi gândi la orori.
**The horrors that lurk ceaselessly behind life in time and
space.**

Ororile care pândesc neîncetat în spatele vieții, în timp și spațiu.

Those unhallowed blasphemies that come from elder stars.

Acele blasfemii nesfințite care vin de la stele bătrâne.

Dreamers beneath the sea known only by a nightmare cult.

Visători sub mări cunoscuți doar de un cult al coșmarurilor.

A cult ready and eager to release these monsters into the world.

O sectă pregătită și nerăbdătoare să elibereze acești monștri în lume.

Whenever another earthquake raises their monstrous stone city again.

Ori de câte ori un alt cutremur ridică din nou monstruosul lor oraș de piatră.

When Cthulhu is under the light of the sun once more.

Când Cthulhu se află din nou sub lumina soarelui.

Johansen's voyage had begun just as he told it to the vice-admiralty.

Călătoria lui Johansen începuse exact așa cum i-o spusese viceamiralității.

The Emma, in ballast, had cleared Auckland on February 20th.

Emma, în balast, a trecut de Auckland pe 20 februarie.

The ship had felt the full force of that earthquake-born tempest.

Nava simțise întreaga forță a acelei furtuni născute de cutremur.

The horrors from the sea-bottom that filled men's dreams.

Ororile de pe fundul mării care au umplut visele oamenilor.

Once under control again the ship was making good progress.

Odată ce a revenit sub control, nava înainta bine.

But then the ship was held up by the Alert on March 22nd.

Dar apoi nava a fost blocată de Alert pe 22 martie.

I could feel the mate's regret as he wrote of her bombardment and sinking.

Am putut simți regretul secundului în timp ce scria despre bombardamentul și scufundarea ei.

Of the swarthy cult-fiends on the other boat he speaks with horror.

Despre demonii bruneți ai cultului de pe cealaltă barcă vorbește cu groază.

There was some peculiarly abominable quality about them.

Aveau o calitate ciudat de abominabilă la ele.

Something made their destruction seem almost a duty.

Ceva făcea ca distrugerea lor să pară aproape o datorie.

This point was brought up during the proceedings of the court of inquiry.

Acest aspect a fost adus în discuție în cadrul deliberărilor instanței de anchetă.

Johansen shows ingenuous wonder at the accusation of ruthlessness.

Johansen arată o uimire naivă față de acuzația de cruzime.

Curiosity is what drove the men on in their captured yacht.

Curiozitatea este ceea ce i-a împins pe bărbați să plece pe iahtul capturat.

Sticking out of the sea the men sighted a great stone pillar.

Bărbații au zărit un mare stâlp de piatră ieșind din mare.

In South Latitude 47° 9', West Longitude 126° 43' they come upon a coastline.

La latitudinea sudică 47° 9' și longitudinea vestică 126° 43', ei dau peste o coastă.

The coastline was of mingled mud, ooze, and weedy Cyclopean masonry.

Litoralul era format dintr-un amestec de noroi, mâzgă și zidărie ciclopică plină de buruieni.

Nothing less than the tangible substance of earth's supreme terror.

Nimic mai puțin decât substanța tangibilă a terorii supreme a pământului.

They had come across the nightmare corpse-city of R'lyeh.

Dăduseră peste orașul-cadavre de coșmar R'lyeh.

A city built in measureless eons behind history.

Un oraș construit în eoni nemăsurați în urma istoriei.
**Monuments to vast loathsome shapes that seeped down
from the dark stars.**
Monumente dedicate unor forme vaste și dezgustătoare care
se prelingeau din stelele întunecate.
**There lay great Cthulhu and his hordes for incalculable
cycles.**
Acolo zăceau marele Cthulhu și hoardele sale timp de cicluri
incalculabile.
Hidden in green slimy vaults, they sent out their thoughts.
Ascunși în bolți verzi și nămoloase, își trimiteau gândurile.
The thoughts that spread fear to the dreams of the sensitive.
Gândurile care răspândesc frică în visele celor sensibili.
The thoughts that called imperiously to the faithful.
Gândurile care îi chemau imperios pe credincioși.
"Come on a pilgrimage of liberation and restoration."
„Vino într-un pelerinaj al eliberării și restaurării.”
All this horror Johansen had no way of suspecting.
Toată această oroare nu avea cum să o bănuiască Johansen.
But God knows he had soon seen enough!
Dar Dumnezeu știe că a văzut curând destul!
I suppose what they saw was only a single mountain-top.
Presupun că ceea ce au văzut a fost doar un singur vârf de
munte.
Soon the rest of the city emerged from the waters.
Curând, restul orașului a ieșit din ape.
**The hideous monolith-crowned citadel where great Cthulhu
was buried.**
Hidoasa citadelă încoronată cu un monolit, unde a fost
înmormântat marele Cthulhu.
I shudder to think of all that may be brooding down there.
Mă cutremur când mă gândesc la tot ce s-ar putea întâmpla
acolo jos.
And I almost wish to kill myself to stop these thoughts.
Și aproape că îmi doresc să mă sinucid ca să opresc aceste
gânduri.

***

Johansen and his men were awed by the cosmic majesty.
Johansen și oamenii lui au fost uimiți de măreția cosmică.
They beheld the sight of this dripping Babylon of elder demons.
Ei au privit priveliștea acestui Babilon ud de demoni bătrâni.
They must have guessed without guidance what it was they saw.
Trebuie să fi ghicit fără îndrumare ce au văzut.
What they saw was nothing of this or of any sane planet.
Ceea ce au văzut nu era nimic din aceasta sau din vreo planetă sănătoasă.
The unbelievable size of the greenish stone blocks.
Dimensiunea incredibilă a blocurilor de piatră verzui.
The dizzying height of the great carven monolith.
Înălțimea amețitoare a marelui monolit sculptat.
And then there was the bas-reliefs found on the captured ship.
Și apoi au fost basoreliefurile găsite pe nava capturată.
The colossal statues mirrored the scene on the carvings.
Statuile colosale oglindeau scena de pe sculpturi.
Johansen achieved something very close to futurism.
Johansen a realizat ceva foarte apropiat de futurism.
Because he did not describe any definite structure or building.
Pentru că nu a descris nicio structură sau clădire definită.
He dwelled on the broad impressions of vast angles and stone surfaces.
El s-a oprit asupra impresiilor largi ale unor unghiuri vaste și suprafețe de piatră.
Surfaces too great to belong to anything right or proper for this earth.
Suprafețe prea mari pentru a aparține a ceva potrivit sau potrivit pentru acest pământ.
Surfaces impious with horrible images and hieroglyphs.
Suprafețe impie cu imagini oribile și hieroglife.

There is a reason I mention his talk about angles.
Există un motiv pentru care menționez discursul lui despre unghiuri.
It reminds me of something Wilcox had told me of his awful dreams.
Îmi aminteşte de ceva ce mi-a povestit Wilcox despre visele lui îngrozitoare.
He had said that the geometry of the dream-place he saw was abnormal.
Spusese că geometria locului visat era anormală.
Non-Euclidean spheres unlike anything here on earth.
Sfere neeuclidiene, spre deosebire de orice de aici, pe pământ.
Loathsomely redolent dimensions completely unlike ours.
Dimensiuni dezgustător de mirositoare, complet diferite de ale noastre.
Now a seaman was describing the exact same thing.
Acum, un marinar descria exact acelaşi lucru.
They bad both had the same terrible glimpse of this reality.
Amândoi avuseseră aceeaşi imagine teribilă a acestei realități.
Johansen and his men landed at a sloping mud-bank.
Johansen şi oamenii lui au debarcat pe un mal noroios în pantă.
And they looked up at this monstrous Acropolis.
Şi au privit în sus spre această monstruoasă Acropolă.
They clambered slippery up over titan oozy blocks.
S-au cățărat alunecoşi peste blocuri mâzgolite de titan.
Blocks which could have been no mortal staircase.
Blocuri care nu ar fi putut fi o scară a muritorilor.
The very sun of heaven seemed distorted in this mist.
Însuşi soarele cerului părea distorsionat în această ceață.
A polarizing miasma welling out from this sea-soaked perversion.
O miasmă polarizantă izvorând din această perversiune îmbibată de mare.
Twisted menace and suspense lurked in those elusive rocks.
O amenințare contorsionată şi suspansul pândeau în acele stânci evazive.

A second glance showed concavity where the first showed convexity.

O a doua privire a arătat concavitate acolo unde prima arăta convexitate.

Something very like fright had come over all the explorers.

Ceva foarte asemănător fricii îi cuprinsese pe toți exploratorii.

Each man would have fled had he not feared the scorn of the others.

Fiecare om ar fi fugit dacă nu s-ar fi temut de disprețul celorlalți.

And it was only half-heartedly that they vainly searched.

Și au căutat în zadar doar cu jumătate de inimă.

They were looking for some portable souvenir to bear away.

Căutau un suvenir portabil pe care să-l ia cu ei.

It was Rodriguez, the Portuguese, who climbed up the foot of the monolith.

Rodriguez, portughezul, a fost cel care a urcat la poalele monolitului.

From there he shouted of what he had found.

De acolo a strigat despre ce găsise.

The rest followed him to the foot of the monolith.

Restul l-au urmat până la poalele monolitului.

They looked curiously at the immense door in front of them.

S-au uitat curioși la ușa imensă din fața lor.

The now familiar squid-dragon was carved on the door.

Pe ușă era sculptat acum familiarul dragon-calmar.

It was, Johansen said, like a great barn-door.

Era, spunea Johansen, ca o ușă mare de hambar.

Although they said it only gave the impression of a door.

Deși au spus că dădea doar impresia unei uși.

They could not decide if the door lay flat like a trap-door.

Nu se puteau hotărî dacă ușa stătea plată, ca o trapă.

Or maybe the opening was slanted like an outside cellar-door.

Sau poate că deschizătura era înclinată ca o ușă exterioară de pivniță.

As Wilcox would have said, the geometry of the place was all wrong.

Cum ar fi spus Wilcox, geometria locului era complet greşită.

One could not be sure that the sea and the ground were horizontal.

Nu se putea fi sigur că marea şi pământul erau orizontale.

Hence the relative position of everything else seemed phantasmally variable.

Prin urmare, poziţia relativă a tuturor celorlalte părea fantomatic de variabilă.

Briden pushed at the stone in several places, without result.

Briden a împins piatra în mai multe locuri, fără niciun rezultat.

Then Donovan felt delicately over around the edge of the door.

Apoi, Donovan a pipăit delicat marginea uşii.

He climbed interminably along the grotesque stone molding.

A urcat nesfârşit de-a lungul grotescăi cornişe de piatră.

Although, if you could really call it climbing is debatable.

Deşi, dacă ai putea cu adevărat să o numeşti alpinism, este discutabil.

Perhaps the door was more horizontal than vertical.

Poate că uşa era mai mult orizontală decât verticală.

And the men wondered how any door in the universe could be so vast.

Şi bărbaţii se întrebau cum putea vreo uşă din univers să fie atât de vastă.

Then, very softly and slowly, something began to happen.

Apoi, foarte încet şi înmuiat, ceva a început să se întâmple.

The acre-great panel began to give inward at the top.

Panoul imens cât un acru a început să cedeze spre interior în partea de sus.

And they saw that the door had balanced itself.

Şi au văzut că uşa se echilibrase singură.

***

Donovan somehow propelled himself back along the jamb.

Donovan a reușit cumva să se propulseze înapoi de-a lungul tocului.

And everyone watched the queer recession of the monstrously carven portal.

Și toată lumea a privit strania retragere a portalului monstruos sculptat.

In this fantasy of prismatic distortion it moved anomalously in a diagonal way.

În această fantezie a distorsiunii prismatice, se mișca anormal în diagonală.

All the rules of matter and perspective seemed confused.

Toate regulile materiei și perspectivei păreau confuze.

The aperture was black with a darkness almost material.

Deschiderea era neagră, cu o întuneric aproape material.

That tenebrousness was indeed a positive quality.

Acea tenebrozitate era într-adevăr o calitate pozitivă.

The men were spared from seeing the inner walls.

Bărbații au fost cruțați de la a vedea zidurile interioare.

The darkness burst forth like smoke from its eon-long imprisonment.

Întunericul a izbucnit ca fumul din închisoarea sa de un eon.

The sun was visibly darkened by flapping membranous wings.

Soarele era vizibil întunecat de fâlfâitul aripilor membranoase.

And the shadow slunk away into the shrunken and gibbous sky.

Și umbra s-a strecurat pe cerul micșorat și gibos.

The odor arising from the newly opened depths was intolerable.

Mirosul care se ridica din adâncurile nou deschise era intolerabil.

The quick-eared Hawkins thought he heard a nasty, slopping sound.

Hawkins, cel cu urechile ghinioniste, a crezut că a auzit un sunet urât, ca un plescăit.

His ears were confirmed when It lumbered slobberingly into sight.

Urechile lui au fost confirmate când a apărut greoi, salivând, în raza vizuală.

Its gelatinous green immensity groped through the black hall.

Imensitatea sa gelatinoasă și verde bâjbâia prin holul întunecat.

And Its ooze and smell squeezed through the angled door.

Și mâzga și mirosul ei se strecurau prin ușa înclinată.

The Thing went into the tainted air of that poison city of madness.

Lucrul a dispărut în aerul contaminat al acelui oraș otrăvit al nebuniei.

Poor Johansen's handwriting almost gave out when he wrote of this.

Scrisul bietului Johansen era cât pe ce să-i scape când a scris despre asta.

He thinks two men perished of pure fright in that accursed instant.

Crede că doi oameni au pierit de frică pură în acea clipă blestemată.

The Thing cannot be described with our language.

Lucrul nu poate fi descris cu limbajul nostru.

There are no words for such abysms of shrieking and immemorial lunacy.

Nu există cuvinte pentru asemenea abisuri de țipete și nebunie imemorială.

Eldritch contradictions of all matter, force, and cosmic order.

Contradicții Eldritch ale întregii materii, forței și ordinii cosmice.

A mountain that walked and stumbled on the earth. God!

Un munte care a umblat și s-a împiedicat pe pământ. Doamne!

No wonder that across the earth a great architect went mad.

Nu e de mirare că, în întreaga lume, un mare arhitect a înnebunit.

No wonder poor Wilcox raved with fever in that telepathic instant.
Nu-i de mirare că bietul Wilcox a delirat de febră în acea clipă telepatică.
The green, sticky spawn of the stars, was walking the earth.
Puia verde și lipicioasă a stelelor umbla pe pământ.
The Thing of the idols had awaked to claim his own.
Lucrul idolilor se trezise să-și revendice ce era al său.
The stars were aligned again, as was predicted.
Stelele s-au aliniat din nou, așa cum fusese prezis.
An age-old cult had failed in their duties.
Un cult străvechi își eșuase în îndatoririle.
And a band of innocent sailors fulfilled their role by accident.
Și o bandă de marinari nevinovați și-a îndeplinit rolul din întâmplare.
After vigintillions of years great Cthulhu was loose again.
După miliarde de ani, marele Cthulhu era din nou liber.
And now great Cthulhu was ravening for delight.
Și acum marele Cthulhu tânjea după încântare.
Three men were swept up by the flabby claws before anybody turned.
Trei bărbați au fost măturați de ghearele flască înainte ca cineva să se întoarcă.
God rest them, if there be any rest in the universe.
Dumnezeu să-i odihnească, dacă există vreo odihnă în univers.
Let it be known that their names were Donovan, Guerrera and Angstrom.
Să se știe că numele lor erau Donovan, Guerrera și Angstrom.
Parker slipped as he was trying to make his escape.
Parker a alunecat în timp ce încerca să scape.
The other three were plunging frenziedly back to the boat.
Ceilalți trei se aruncau frenetic înapoi spre barcă.
They ran over endless vistas of green-crusted rock.
Au alergat peste priveliști nesfârșite de stânci acoperite cu o crustă verde.

Johansen swears he was swallowed up by an angle of masonry.

Johansen jură că a fost înghițit de un colț de zidărie.

An angle which shouldn't have been there.

Un unghi care nu ar fi trebuit să fie acolo.

An angle which was acute, but behaved as if it were obtuse.

Un unghi ascuțit, dar care se comporta ca și cum ar fi obtuz.

Only Briden and Johansen made it back to the boat.

Doar Briden și Johansen au reușit să se întoarcă la barcă.

The two men had a moment of good fortune.

Cei doi bărbați au avut un moment de noroc.

The mountainous monstrosity flopped down on the slimy stones.

Monstruozitatea muntoasă s-a prăbușit pe pietrele mâzgălite.

And the beast hesitated floundering at the edge of the water.

Și fiara ezita, bâlbâindu-se la marginea apei.

The steam boat had not entirely run out of hot coals.

Vaporul cu aburi nu rămăsese complet fără cărbuni încinși.

Despite the departure of all men for the shore.

În ciuda plecării tuturor oamenilor spre țărm.

Feverishly the two men rushed up and down between wheels.

Febril, cei doi bărbați se grăbeau în sus și în jos printre roți.

It was the work of only a few moments to get the engine going.

A fost treaba a doar câteva clipe să pornești motorul.

Amidst the distorted horrors of that indescribable scene.

În mijlocul ororilor distorsionate ale acelei scene indescriptibile.

Slowly their boat began to churn the lethal waters beneath her.

Încet, barca lor a început să frământe apele mortale de sub ea.

And they moved along the masonry of that charnel shore.

Și s-au mișcat de-a lungul zidăriei acelui țărm murdar.

That strange coastline that was not from this world.

Acea coastă ciudată care nu era din lumea aceasta.

***

The titan Thing from the stars slavered and gibbered.

Titanul din stele saliva și bolborosea.

Like Polypheme cursing the fleeing ship of Odysseus.

Ca Polifem blestemând corabia fugitoare a lui Ulise.

Then great Cthulhu slid greasily into the water.

Apoi, marele Cthulhu a alunecat unsuros în apă.

Bolder and more daring than the storied Cyclops.

Mai îndrăzneț și mai îndrăzneț decât faimosul Ciclop.

Cthulhu pursued them through the water with cosmic movement.

Cthulhu i-a urmărit prin apă cu mișcare cosmică.

Briden looked back from the ship and started laughing shrilly.

Briden s-a uitat înapoi de la navă și a început să râdă strident.

From that moment Briden continued laughing at odd intervals.

Din acel moment, Briden a continuat să râdă la intervale rare.

But Johansen had not given up yet.

Dar Johansen nu renunțase încă.

He knew his ship had no chance of outpacing the thing.

Știa că nava lui nu avea nicio șansă să o depășească în viteză.

So he resolved on taking a desperate chance.

Așa că s-a hotărât să-și asume un risc disperat.

He loaded the furnace and set the engine for full speed.

A încărcat cuptorul și a pornit motorul la turație maximă.

And then he ran lightning-like on deck and reversed the wheel.

Și apoi a alergat ca fulgerul pe punte și a întors timona.

There was a mighty eddying and foaming in the noisome brine.

În saramura urât mirositoare se simțea un vârtej puternic și spumă.

The steam mounted higher and higher into the sky.

Aburul se înălța tot mai sus pe cer.

And the brave Norwegian reversed the course of the chase.

Şi curajosul norvegian a inversat cursul urmăririi.

Before him rose the unclean froth like the stern of a demon galleon.

În faţa lui se ridica spuma necurată ca pupa unui galion demonic.

He drove his vessel head on against the pursuing jelly.

Şi-a împins vasul cu faţa în josul gelului care îl urmărea.

The awful squid-head came nearly up to the yacht's bowsprit.

Îngrozitorul cap de calamar a ajuns aproape de bompresul iahtului.

But Johansen drove on relentlessly against the writhing feelers.

Dar Johansen a continuat să conducă neobosit, împotriva antenelor zvârcolite.

There was a bursting as of an exploding bladder.

S-a auzit o explozie ca a unei vezici urinare care explodează.

There was a slushy nastiness as of a cloven sunfish.

Exista o mirosire mociroasă, ca a unui peşte-soare desprins.

There was a stench as of a thousand opened graves.

Era un miros urât ca a o mie de morminte deschise.

And there was a sound the chronicler did not put on paper.

Şi se auzea un sunet pe care cronicarul nu l-a consemnat pe hârtie.

For an instant the ship was befouled by an acrid cloud.

Pentru o clipă, nava a fost întinată de un nor înţepător.

The green cloud blinded Johansen and the mad man.

Norul verde i-a orbit pe Johansen şi pe nebun.

And then there was only a venomous seething astern.

Şi apoi nu s-a mai auzit decât o pupă veninoasă şi clocotitoare.

But God in heaven! What the two men saw next;

Dar Dumnezeu din ceruri! Ce au văzut apoi cei doi bărbaţi;

The scattered plasticity of that nameless sky-spawn.

Plasticitatea împrăştiată a acelei creaturi fără nume din cer.

The injured thing was nebulously recombining.

Chestia aia rănită se recombina nebulos.

Soon Cthulhu would be back in its hateful original form.

În curând, Cthulhu avea să revină în forma sa originală, plină de ură.

But their distance was widening with every second.

Dar distanța dintre ei se măria cu fiecare secundă.

The ship was gaining impetus from its mounting steam.

Nava prindea impuls din cauza aburului care creștea.

And eventually the cursed city was over the horizon.

Și, în cele din urmă, orașul blestemat era la orizont.

***

He did not try to navigate after their lucky escape.

Nu a încercat să se orienteze după norocul lor evadare.

His reaction had taken something out of his soul.

Reacția lui îi scosese ceva din suflet.

He spent his time brooding over the idol in the cabin.

Își petrecea timpul cugetând la idolul din cabană.

He looked after the laughing maniac in the boat.

S-a uitat după maniacul care râdea din barcă.

And he attended to a few matters such as food.

Și s-a ocupat de câteva chestiuni, cum ar fi mâncarea.

Then came the storm of April 2nd.

Apoi a venit furtuna din 2 aprilie.

On that day clouds gathered over his consciousness.

În ziua aceea, nori s-au adunat peste conștiința sa.

There is a sense of pure and refined delirium.

Există un sentiment de delir pur și rafinat.

Spectral whirling through liquid gulfs of infinity.

Vârtej spectral prin golfuri lichide ale infinitului.

Dizzying rides through reeling universes on a comet's tail.

Plimbări amețitoare prin universuri zburătoare pe coada unei comete.

Hysterical plunges from the pit to the moon.

Plonjări isterice din groapă spre lună.

And he plunged back again from the moon to the pit.

Și s-a cufundat din nou de pe lună în groapă.

A cachinnating chorus of the distorted, hilarious elder gods.

Un cor cachinnant al zeilor bătrâni distorsionați și amuzanți.
And the green bat-winged mocking imps of Tartarus.
Și spiridușii verzi, cu aripi de liliac, batjocoritori din Tartar.
Out of that dream came rescue; the ship Vigilant.
Din acel vis a venit salvarea; nava Vigilant.
The vice-admiralty court and the streets of Dunedin.
Curtea viceamiralității și străzile din Dunedin.
The long voyage back home to the old house by the Egeberg.
Lunga călătorie înapoi acasă, la vechea casă de lângă Egeberg.
He could not tell anyone of what he had seen.
Nu putea spune nimănui despre ce văzuse.
Had he told the truth they would have thought he had gone mad.
Dacă ar fi spus adevărul, ar fi crezut că a înnebunit.
So he secretly wrote of what he knew before death came.
Așa că a scris în secret despre ceea ce știa înainte să vină moartea.
"Death would be a boon if only it could blot out the memories."
„Moartea ar fi o binecuvântare dacă ar putea șterge amintirile.”
That was the document Johansen left behind.
Acesta a fost documentul pe care l-a lăsat Johansen în urmă.
And now I have placed this document in the tin box.
Și acum am pus acest document în cutia de tablă.
In the box is also the dream carved bas-relief.
În cutie se află și basorelieful sculptat în formă de vis.
And I have included the papers of Professor Angell.
Și am inclus lucrările profesorului Angell.
With this box shall go this record of mine.
Cu această cutie va merge și această înregistrare a mea.
These notes have become a test of my own sanity.
Aceste notițe au devenit un test al propriei mele minți.
But I hope my discoveries are never be pieced together again.
Dar sper ca descoperirile mele să nu mai fie niciodată reconstituite.

I have looked upon all that the universe has to hold of horror.

Am privit tot ce are universul de rezervat din groază.

But now even the skies of spring are darkness to me.

Dar acum chiar și cerul primăverii este întuneric pentru mine.

Even the flowers of summer are forever poison to me.

Chiar și florile de vară sunt o otravă pentru mine.

But I do not think my life will be long.

Dar nu cred că viața mea va fi lungă.

As my uncle went, so shall my end come.

Precum a plecat unchiul meu, așa va veni și sfârșitul meu.

As poor Johansen went, so shall my time come.

Așa cum a dispărut bietul Johansen, așa va veni și vremea mea.

I know too much, and the cult still lives.

Știu prea multe, și secta încă există.

Cthulhu still lives, too, I can only suppose.

Și Cthulhu încă trăiește, pot doar să presupun.

I assume Cthulhu is again in that chasm of stone.

Presupun că Cthulhu este din nou în prăpastia aceea de piatră.

The city which has shielded him since the sun was young.

Orașul care l-a ocrotit de când soarele era tânăr.

I know his accursed city is sunken once more.

Știu că orașul său blestemat s-a scufundat din nou.

The crew of the Vigilant sailed over the spot after the April storm.

Echipajul navei Vigilant a navigat peste locul respectiv după furtuna din aprilie.

But his ministers on earth still worship his return.

Dar slujitorii săi de pe pământ încă se închină la întoarcerea lui.

In lonely places they congregate around their idol.

În locuri pustii se adună în jurul idolului lor.

And they bellow and prance and slay in satanic ritual.

Și urlă, dansează și ucid într-un ritual satanic.

He must have been trapped by the sinking of his black abyss.

Trebuie să fi fost prins în capcană de scufundarea abisului său negru.

Or else the world would by now be screaming with fright and frenzy.

Altfel, lumea ar țipa deja de frică și frenezie.

Who knows how the end will come about?

Cine știe cum va veni sfârșitul?

What has risen may sink, and what has sunk may rise.

Ceea ce s-a ridicat se poate scufunda, și ce s-a scufundat se poate ridica.

Loathsomeness waits and dreams in the deep.

Dezgustul așteaptă și visează în adâncuri.

And decay spreads over the tottering cities of men.

Și decăderea se întinde peste orașele clătinate ale oamenilor.

A time will come where that city rises out the sea again.

Va veni o vreme când acel oraș va ieși din nou la suprafața mării.

But I must not think about when that day will come!

Dar nu trebuie să mă gândesc când va veni ziua aceea!

I have one prayer if this manuscript outlives me.

Am o singură rugăciune dacă acest manuscris mă va supraviețui.

I pray my executors put caution before audacity.

Mă rog ca executorii mei să pună prudența înaintea îndrăznelii.

I pray this manuscript meets no other eyes.

Mă rog ca acest manuscris să nu întâlnească alte priviri.

***

Found among the papers of the late Francis Wayland Thurston, of Boston.

Găsit printre hârtiile regretatului Francis Wayland Thurston, din Boston.

www.tranzlaty.com

www.ingramcontent.com/pod-product-compliance
Lightning Source LLC
Chambersburg PA
CBHW010440170726
48283CB00011B/3301